GULRAIZ SHARIF

EY HÖR MAL!

ROMAN

Aus dem Norwegischen von
Meike Blatzheim und Sarah Onkels

ARCTIS

Die Originalausgabe erschien 2020 unter dem Titel
Hør her'a bei Cappelen Damm, Oslo.

Die Übersetzung wurde gefördert von NORLA,
Norwegian Literature Abroad

Die Arbeit der Übersetzerinnen am vorliegenden Text
wurde vom Deutschen Übersetzerfonds gefördert.

Deutsche Erstausgabe
2. Auflage 2022

Übersetzung: Meike Blatzheim und Sarah Onkels
Umschlaggestaltung: Helene Brox
Satz: Pinkuin Satz und Datentechnik, Berlin
Druck und Bindung: CPI books GmbH, Leck
Printed in Germany 2022
ISBN 978-3-03880-054-5

www.arctis-verlag.de

Folgt uns auf Instagram unter
@arctis-verlag

Für Huma, Maira und Ismail

So, Sommerferien. Super für norwegische Norweger, aber glaub mir, Alter, für uns Ausländer ohne Asche gar nicht super! Was solln wir denn schon machen? Die so: Hütte am See, Hütte in'n Bergen, Hütte am Meer, Hütte auf'm Land, Hütte an 'ner Küste, so was lernen wir in der Schule, ja sogar 'ne Hütte in den Schären, Mann! Plus eine in Schweden und, du glaubst es nicht, in Nesodden. Die haben echt 'ne Hütte gleich bei Oslo! Nicht dass alle norwegischen Norweger in Oslo wohnen, schon klar, aber als ich das gehört hab, wär ich fast umgekippt. Halt so: Haste Bock auf Plumpsklo? Fährste kurz raus aus Oslo zum Plumpsklo. Und da bleiben sie dann wochenlang. Platzieren ihre weißen und rosa Ärsche auf so creepy schwarzen Löchern und so unter ihnen 'ne Fuhre Scheiße. Ich krieg 'nen Herzinfarkt von diesen Klos, voll die Paranoia halt.

Bruder, ich denk mir einfach Folgendes, wie's in gutem Norwegisch heißt: Bro, mein Vater ist doch nicht mit Zug und Container durch Deutschland und Dänemark nach Norwegen getrampt, um draußen zu scheißen. In so 'nem Plumpsklo mit schiefen Holzwänden. In 'nem Haus, das fast umkippt! Er ist ins schöne, lang gestreckte Norwegen gekommen, um drinnen zu scheißen. Wenn er unbedingt draußen scheißen wollte, hätten wir mehr als genug, und ich meine, MEHR als genug, Landschaft in Pakistan. Das Problem ist nur, in Pakistan gibt's übelst giftige Schlangen, Mann. Und in Norwegen halt bloß so süße, kleine kreuzige Ottern mit so Fangzähnen. Dass ich nicht lache, Alter!

Die hab ich schon hundertmal gesehn, wenn ich mal wieder um den Grorud-See latsche, um mich selber zu finden oder innere Ruhe vor meinem kleinen Bruder und meinen Eltern. Die sind echt so was von ungefährlich. Jetzt nicht meine Familie, die Kreuzottern, mein ich. Die schleichen über die Wege, voll gechillt, denen geht's gut, weil die leben in Norwegen. In Pakistan bekomm ich bei jeder Schlange, die ich seh, Eierklappern. In Pakistan wär ich gar nicht erst um den See gelatscht, um mich selber zu finden! Die Norweger haben uns beigebracht, uns selber zu finden. Pakistanische Eltern nehmen 'nen Schlappen und scheuern dir eine, dass du nicht mal mehr die Wohnungstür findest, wie zur Hölle sollst du da dich selber finden?

Einmal hat Papa mir nach 'nem Spaziergang um den Grorud-See halb zum Spaß 'nen Klaps auf den Hinterkopf gegeben und gefragt: »Oie, Mahmoud, hast du dich selbst gefunden?«

Ich hab Nein gesagt, also aus Versehn, weil ich nicht richtig zugehört hab. Echt jetzt, Bro, Papa hat Mama den Besen holen lassen und gerufen: »Ich bin nicht nach Norwegen gekommen, damit du durch den Wald spazierst und dich selbst suchst.«

Ich schwör, seitdem sag ich nicht mehr, ich geh spazieren, um mich selber zu finden, ich sag, ich treff ’nen Kumpel, auch wenn ich gar nicht so viele Kumpels hab.

Die Sache ist die: Nach ’nem Urlaub in Pakistan fühlste dich wie ’n verdammter Marvel-Held. Da haste alles überlebt, kein Scheiß! Eidechsen, Frösche, Schlangen, Echsen, Kakerlaken, riesige Monsterspinnen, alles! Plus alle möglichen Krankheiten, Typhus, Herpes, das ganze Alphabet! Du überlebst tödlichen Dünnschiss, wo du vierzig Mal am Tag auf Klo rennst und kein Wasser mehr im Körper hast. Und Straßenköter! In Norwegen fressen die Hunde so Pedigree und kauen auf Spielzeug, die sitzen rum und schaun Polit-Talkshows mit ihren Herrchen und Frauchen, die kriegen mit, was auf der Welt abgeht. Glückliche Köter, die mit hübscher rosa Zunge und ordentlichen Zähnen lächeln, amüsieren sich wie die Kreuzotterchen. Weißte, was ich mein? In Pakistan fressen die Köter Mist und Dreck, tote Tierleichen, kein Plan, was die in sich reinschaufeln! Die trotten den ganzen Tag so entspannt durch die Gegend wie die Ausländer in Oslo-Grønland oder die Kurden in der City, die ’ne Freundin suchen. Und wenn sie was sehn, schlagen sie zu. Nicht die Kurden, mein ich, die Köter. Wie zum Beispiel, als mich im Urlaub mal so ’n kläffender Bastard verfolgt hat. An dem Tag hatte ich Megadünnschiss, weil ich hatte massig Chilicurry gegessen. Der Scheißköter hat meinen Hintern abgeleckt, der war irre hungrig, für den war alles Essen. Die andern Jungs aus dem Dorf haben mich ausgelacht.

Danach hab ich extra viel Naan gegessen, um Verstopfung zu kriegen. Die letzten drei Wochen in Pakistan musste ich bloß zweimal auf Klo, zum Glück beide Male in so 'nem feinen Restaurant mit westlicher Toilette.

Aber ischwör, Alter, sobald wir auf dem Flughafen Gardermoen gelandet sind, hab ich das Örtchen da gesprengt wie im Dritten Weltkrieg. Der Typ, der nach mir dran war, bekam 'n Erlebnis und 'nen Duft serviert, das vergisst der so schnell nicht, dieser arme norwegische Norweger. Mann, die Scheiße von drei Wochen konzentriert im Magen. Der Norweger wollte sich entspannen, vielleicht den Pondus-Comic in der Zeitung lesen oder seine Wetter-App checken. Der hat sicher heute noch Albträume. Armer Robert, der nach mir kacken wollte.

Ich seh ihn vor mir, er rollt das R, weil er kommt aus Südnorwegen. Nach dem Klobesuch hat er bestimmt die Rechten gewählt. Der so: »Solches Drecksvolk will ich nicht in meinem Land haben!« Jetzt hat Robert 'ne Facebook-Gruppe: »Asylanten überrennen unser Land! Erstes Zeichen: Brrrutaler Gestank nach Exkrrrementen!« Er sitzt in seiner Kellerwohnung vor dem hell erleuchteten Bildschirm und schreibt Bullshit über uns Einwanderer, während er tausend Likes von andren Norwegern kriegt, die auch in Kellerwohnungen im Dunkeln vor leuchtenden Screens hocken.

Bruder, unsre Mägen sind so voller Chili, Kebab und Limo, wie solln wir das Land erobern? Mit Furzen und Rülpsen?

Norwegen erobern ist nicht ohne, so viel Wald hier, Alter! Wie erobert man das Nordkap? Welcher Paki geht schon dahin und sagt: ›So, meine Brüder, ich hab das Nordkap eingenommen‹? Wer traut sich, bis nach Svalbard zu reisen? Und dann so: ›Hier steh ich, Toofiq, und nehm Svalbard ein, Brüder!‹ Die haben da doch weiße Eisbären!

Die Somalis kauen den ganzen Tag lang Khat, dürre Teufel, wie solln die was erobern? Abdi mit Khat im Rucksack zieht los und nimmt die Stadt Bergen ein? Die Somalis blödeln mit ihren Kumpels rum und tragen richtig nice Blazer, ihre Frauen solln möglichst viele Kinder kriegen, die haben keine Zeit, Norwegen zu erobern. Die Irakis nuckeln in ihrem Lieblingscafé stundenlang am selben Kaffee. Die Marokkaner müssen qualmen, die haben keine Zeit, das Land zu erobern. Die Türken kümmern sich um ihre Gemüseläden und gucken Galatasaray gegen Fenerbahçe im Türkencafé, die haben keine Zeit. Die Pakistanis müssen Taxi fahren, ihre Kinder solln Ärzte, Anwälte oder Ingenieure werden, die haben auch keine Zeit.

Norwegische Frauen müssen also mehr Kartoffelkinder kriegen. Solche Emils, Theos, Lukasse und Sindres, weißte, was ich mein? Emmas, Noras und Saras. Sogar die Mutter der Nation, Erna, hat in so 'ner Neujahrsansprache appelliert: »Liebe Frauen, ihr müsst mehr Kinder kriegen.«

Wahrscheinlich hat Siv Jensen von den Rechten zu ihr gesagt: »Erna, sag den Norwegern, sie müssen mehr *ashko* sein, also so leidenschaftlich oder wie das heißt, nicht nur Brunost und Goji-Beeren und Quinoazeug essen. Ihr müsst weniger auf dem Laufband rennen, mehr Kinder bekommen. Sonst haben wir irgendwann einen somalischen oder nordafrikanischen Ministerpräsidenten.«

Wallah, Erna hat bestimmt geantwortet: »Siv, du alte Psycho-Bitch! Ich bin aus Bergen, ich regiere das Land mit ruhiger Hand. Wenn was ist, kannst du es mir aber ins Ohr flüstern, oder wir machen eine WhatsApp-Gruppe, in der du mir sagst, was ich sagen soll.«

Stell dir vor, Asker heißt plötzlich Askerbaidschan, Bro. Bærum wird zu Bærut. Bææærut. Kapierste, Bro?

Aber norwegische Kinder werden mit Skiern an den Füßen geboren, die stehn weit auseinander, diese Skier, deshalb trauen sich Linda, Mari und Kari nicht, zu gebären. Abdi wird nicht mit Skiern an den Füßen geboren, deshalb kriegt Khalida Kinder über Kinder.

Ich weiß noch, wie wir mal 'ne Tante besucht haben, also, weil alle pakistanischen Frauen, die so alt sind wie deine Mutter oder älter, sind Tanten, sonst bist du respektlos. Wir also los, die Tante besuchen, sie hatte grade 'ne Tochter bekommen. Sie teilte ihr Zimmer im Krankenhaus mit so 'ner Ausländermutti, die selber grad 'n Kind bekommen hatte, und alle andren sieben zu Besuch, Alter! Die waren alle grad mal 'n Jahr auseinander, so ungefähr zumindest. Die Brut hat das Krankenhaus in Schutt und Asche gelegt. Echt mal, die armen norwegischen Krankenschwestern waren voll geschockt. Weil in Norwegen ist ja immer alles nett und gemütlich. Deshalb will Siv Jensen nicht zu viele von uns, denn dann ist es nicht mehr so gemütlich. Und wenn's ungemütlich wird, werfen einem die norwegischen Norweger so 'nen strengen Blick zu, irgendwie so pikiert oder wie das heißt. Sie zeigen einem mit den Augen: »Das ist jetzt ungemütlich. Gunnar und Karin gefällt die Situation nicht.«

Oft sitz ich auf der Bank unten vor unserm Wohnblock und träum einfach nur davon, dorthin zu ziehen, wo was los ist. Rein in die Stadt, weg von den hässlichen U-Bahn-Stationen hier, die keiner mal richtig in Schuss bringt. Ich hab so voll das Oslo-Feeling und will die Hauptstadt erobern. Aber um die Hauptstadt zu erobern, braucht man Kohle, Cash, Zaster, Geld in der Tasche, Mann! Nicht super für uns Ausländer ohne Asche, die hier die Bänke platt sitzen. Ich sag's dir, nicht mal die Bänke wolln uns hier. Die nur so: »Hey, Jungs, habt ihr in den Sommerferien nichts zu tun? Alle sind verreist und tanken Vitamin D in der Sonne, wir Bänke strecken mal 'n bisschen die Gelenke aus, lassen das Holz ruhen. Müsst ihr eure schwarzen Ärsche unbedingt auf uns platzieren, stundenlang bleiben und über euer verdammtes Loserleben ablästern?«

Das Einzige, was ich an diesem ersten Tag der Sommerferien hör, ist meine Mutter, die wie 'ne Irre aus der elften Etage vom Balkon runterschreit, als ob wer aus der Familie oder der Verwandtschaft gestorben wär.

»Oieee, Mahmoud! Kannst du vier H-Milch und drei Brote holen? Und bring Kefir mit!«

Und dann schmeißt sie das Geld in 'ner alten Rema-1000-Tüte runter, Kleingeld, das Papa bei seinem Taxijob nicht loswird, weil fast alle bezahlen mit Karte oder per App. Glaub mir, Bruder, jedes Mal, wenn du diese Tüte siehst, verfluchst du dein Leben. Die bist nämlich du, aber mit ohne Geld drin, weißte, was ich mein? Wie die Tüte schwebst du durch die Luft und träumst von besseren Zeiten. Und jedes Mal wachst du davon auf, dass die Tüte auf den Boden knallt und deine Mutter schreit: »Oieee, Mahmoud, hast du die Tüte? Hat sie keiner geklaut?«

»Hab sie«, antworte ich, während ich zu der Frau hochguck, die mich geboren hat.

Aber diese Nation braucht nicht mich, norwegische Norweger braucht das Land. Mama schreit wieder, obwohl ich gesagt hab, dass keiner das Geld aus der Tüte genommen hat. Wer auch, der schnellste Dieb der Welt, oder was?

»Bring Bullet-Chilis mit. Und vergiss den Naturjoghurt nicht. Dein Vater kackt Blut, wenn ich Chili pur ins Essen mach. Ich muss Joghurt untermischen, für die Balance im Magen. Und hol zwei große Coca-Cola mit Zucker und eine große Sprite. Dein Onkel trinkt nur Sprite.«

Balance im Magen, leck mich an meinem haselnussbraunen Arsch! Mein Vater trinkt so viel Joghurt, so viel Actimel, der leert den ganzen Laden. Ich glaub, sein halber Taxilohn geht dafür drauf, sein System von innen zu schmieren, echt jetzt! Dabei lässt er echt giftige Fürze fahren, die sind brutal, Alter. Die Grünen sollten ihn dafür anzeigen, sie sollten 'ne Mautstation um seinen Arsch bauen! Während die norwegischen Norweger versuchen, den CO_2-Ausstoß zu senken, pumpt Papa noch mehr CO_2 in die Atmosphäre! Eigentlich ist er derjenige, der die Ozonschicht kaputt gemacht hat, glaub ich, womit solln die Norweger schon die Luft verpesten? Mit Kartoffeln, Lachs und saurer Sahne? No way, Bruder, deren Essen ist viel zu mild. Sieh sie dir an, die Armen essen fast nur gelben Käse auf Brot, oder weißen, obwohl ich den Unterschied noch nie gecheckt hab, oder Polarbrød mit was drauf. Die einzigen Gewürze, die die haben, sind halt so Salz und Pfeffer.

Um richtig exotisch zu sein, tun sie Curry in die Fischbällchensoße! Oder sie essen so Fertig-Tikka-Masala.

Der Onkel, von dem Mama redet, ist Papas großer Bruder, Onkel Ji halt. Das ist höflich auf Urdu, das heißt so was wie ›lieber Onkel‹.

Onkel Ji glaubt, Sprite zu trinken reinigt ihn innerlich, ich hoffe, er furzt nicht so viel wie sein kleiner Bruder. Sonst haben wir bald so ’n brutales pakistanisches Furz-Orchester mit zwei Brüdern, die beide ’n Loch im Arsch kriegen, sobald sie Chili essen.

Onkel Ji kommt mit so ’nem Zweimonatsvisum zu Besuch. Alter, ich sag’s dir, Siv Jensen und ihre Partei haben so Schiss, dass er den Staat verarscht und länger bleibt, er musste durch siebzehn Interviews mit der Polizei! Sie haben ihn die dämlichsten Sachen gefragt, er war ganz verwirrt. Papa musste garantieren, dass er die finanziellen Mittel hat, den Onkel zu versorgen, und dass er nicht versuchen wird, ihn im Land zu behalten. Wo sollten wir ihn denn auch verstecken? In unsrem Kellerkabuff?

»Ja, ja«, antworte ich, während ich die Tüte aufheb, die schon bessere Tage erlebt hat und eigentlich mal ausgewechselt werden müsste. Aber dann fällt mir die Regel ein, die Papa mir genauestens erklärt hat. Dabei hat er mir so tief in die Augen geguckt, als wär’s die höchste Philosophie: »Ich bin nicht nach Norwegen gekommen, um jedes Mal eine neue Tüte zu kaufen, wenn ich einkaufen geh, Mahmoud. Eine Tüte kann so lange benutzt werden, bis sie nicht mehr wie eine Tüte aussieht.«

Meine liebe Mutter ruft schon wieder und das Ganze wird noch peinlicher.

»Aber beeil dich, den Kefir muss ich über die Kräuter und Gewürze gießen. Verquatsch dich nicht mit diesem Esel Arif.«

Und dann legt Mama plötzlich mit Papas Magen- und Arschlochproblemen los, alle Nachbarn auf den Bänken vorm Haus und auf den Balkonen beim Wäscheaufhängen hören zu. Jetzt kommen sie alle zusammen, um auf gebrochenem Norwegisch, Urdu oder Punjabi Alte-Weiber-Weisheiten aus ihrer Heimat hochzuplärren. Wie bei so 'nem UN-Meeting, Alter, aber es geht nicht um Hunger, Not und Klimawandel, sondern ums Arschloch meines Vaters! Sie rufen tausend Ratschläge nach oben, was Mama tun kann, damit Papa weniger Blut kackt von all den Chilis. Es ist so cringe, dass ich am liebsten rauf in den elften Stock, rein in die Wohnung und raus auf den Balkon gelaufen wär, um vor Mamas Augen runterzuspringen, während das Gelaber über Papas Furzerei hinter mir immer leiser wird. Boah, was da für Ratschläge kommen! »Massier seine Pobacken mit eiskaltem Senföl.« Eine andre Nachbarin mit kurdischem Akzent rät: »Unten im Rücken ist der Furzkanal, Schwester, stich ihm Nadeln da rein, die du vorher in Olivenöl von schwarzen Oliven und in Eiweiß erhitzt!«

Alter, meine unschuldigen Ohren müssen sich die dämlichsten Ratschläge anhören, alle machen einen auf Arzt oder Physio. Der Arsch meines Vaters kostet mich alle Selbstachtung, die ich mir in fast sechzehn langen Jahren im Viertel aufgebaut hab. Sogar die Sechsjährigen gucken mich grinsend an, so 'n Hosenscheißer ohne Schneidezähne fragt: »Ssstimmt das, Mahmoud, dein Papa hat Ssschmerzen im Po?«

Ich schau zu Mama rauf, die wie 'ne Irre alles auf 'nem DIN-A4-Blatt notiert. In der Hand halte ich hart verdientes norwegisches Geld in 'ner zerschlissenen Tüte. Viele hätten es gern. 'ne Tante wollte das norwegische Geld sogar so sehr, dass sie was davon mit nach Pakistan genommen hat. Sie hat kleine Päckchen draus gemacht und die mit jeder Menge

Plastikfolie um ihren Oberkörper gebunden. Vorher hatte sie jedes Päckchen sorgfältig in Folie eingepackt und es mit Tamarinde und Kurkuma eingeschmiert. Aber sie wurde von irgendwelchen Kötern geschnappt, die kapiert haben, dass ihr Bauch zu stark nach Geld roch. Die Hundenasen haben einfach an der Currymischung der Tante vorbeigeschnüffelt.

Jetzt sitzt die Tante irgendwo weit weg in 'nem Frauengefängnis und schickt mir und meinem kleinen Bruder zweimal im Jahr selbst gestrickte Socken mit hässlichen Mustern drauf. Einmal hat sie mir 'ne Mütze geschickt mit so 'nem idiotischen Marius-Muster drauf, oder wie das heißt, so in den norwegischen Nationalfarben, die Mütze hab ich irgendwo ganz tief unten im Schrank vergraben. Falls ich irgendwann mal reich werd und 'ne fette Wohnung im Zentrum hab, dann kauf ich mir 'nen Marius-Pullover und die passende Marius-Mütze. Echt mal, dann zieh ich voll den Marius ab. Nur, wenn ich hier im Viertel zu viel Marius spiel, verprügeln mich die Jungs. Von daher ist's für alle Parteien das Beste, wie die norwegischen Norweger so schön sagen, der zu sein, der man ist, nämlich Mahmoud. Mein Ziel ist, dass die norwegischen Norweger eines schönen Tages in Mahmoud-Pullovern rumspazieren. Mit Currymuster und so gestricktem weißen Knoblauch überall drauf. Ein paar rote Zwiebeln hier und da, ganz unten 'ne Reihe grüne Chilis und in der Mitte 'n paar rote Chiliflöckchen. Mahmoud-Pulli, Bruder! Der wird weggehn wie warmes Naan. Einer meiner feuchten Träume ist es, dass unsere Ministerpräsidentin Erna Solberg so 'nen Mahmoud-Pulli im Öffentlich-Rechtlichen trägt, während sie zum Volk über die Lage der Nation spricht. Alter, stell dir vor, Knoblauch und Chilis wanken und schwanken auf ihren Brüsten! Die Zwiebeln tänzeln auf ihrem Bauch rum, während sie im Fernsehn spricht, und ganz Norwegen sieht und hört es: »Dieser Pullover ist richtig bequem und von bester Qualität, dieser Mahmoud ist ein echter Pulli-Mogul.« Yes, Bro! Siv Jensen dagegen würde meinen Pullover sicher als Schleich-Islamisierung bezeichnen. In meinen Träumen flüstert sie mir ständig mit so 'ner creepy Stimme zu: »Nooorwegische Werte, Mahmoud, norwegische Weeeeeerte.«

Ich wach aus meinen Tagträumen auf, als ich Mama rufen hör:

»Oieee, Mahmoud, steh da nicht so rum, geh schon los. Dein Onkel kommt gleich. Du musst dich beeilen!«

Ich beweg meinen Hintern zum Mini-Markt, zu dem langen Regal mit Brot. Dort stoß ich auf 'ne Seele, genauso verloren wie ich. Das ist der Kerl, vor dem Mama mich gewarnt hat, der, mit dem ich nicht so viel rumhängen soll. Der Esel, wie sie sagt, der einäugige Arif. Den Namen hat er, weil seine Mutter ihm 'ne leere CD-Hülle ins Auge geworfen hat. Sie so: »Hörst du auf deine Mutter oder auf die dummen, rappenden Idioten da?« Und dann, bäm, bevor er antworten kann, feuert sie die Hülle auf ihn wie so 'nen Ninja-Stern, während »Ain't no mama like your mama« in voller Lautstärke durchs Zimmer dröhnt. Statt Arif zu trösten, hat sie gesagt: »Das wirde schon, Arif. Ich hab acht andre Kinder, die können sehen. Was macht also, wenn du nicht kannst sehen mit die eine Auge? Wir haben Sozialamt, die helfen dich mit Geld. Norwegen hilft die, die nicht sehen können. Wenn du verlierst beide Augen, dann ich und dein Vater machen noch eins, kein Broblem.«

Wir trösten Arif damit, dass er wie 'n eeechter somalischer Pirat aussieht, so einer, der raubkopierte CDs aus dem Somali-Shop hört. Er ist der somalische Jack Sparrow der

Hood, bloß der Papagei fehlt, aber den kriegt er auch noch, ’nen echten Kakadu, dann ist er der King.

Jetzt steht er im Mini-Markt und sucht nach Weißbrot und stellt sich an wie ’n Köter, der seinen Schwanz sucht, Mann. Ich nehm vier Brote und leg sie in seinen Einkaufskorb. Kein Plan, ob das ’ne Träne in Arifs einem Augenwinkel ist oder ob er plötzlich ’ne Pollenallergie gekriegt hat, wie oft die Norweger, aber er weiß, dass wir Partners in Breadshopping sind, ein Leben lang. Jeden einzelnen beschissenen Tag.

Das Ding mit unserm Laden ist, dass man morgens hingehn muss, wenn man Graubrot und Weißbrot will! Du musst beide Augen offen halten, also wenn du jetzt nicht grad Arif bist. Nur wenn du wie ’ne Mischung aus Lightning McQueen und The Flash zum Laden rast, kriegst du richtig frisches Brot für deine Mutter. Sonst scheuert sie dir dermaßen eine, das glaubste nicht. Keine norwegische Ohrfeige, nein, das ist echte ausländische Power, Alter. Sie nennt dich ’nen unehelichen Hundesohn und verkloppt dich für’n beschissenes Brot. Alle DNA-Tests beweisen, dass du ihr leibliches Kind bist, und trotzdem nennt sie dich ’nen Bastard, ich kapier’s nicht. Ich kann gar nicht mehr zählen, wie oft ich schon wegen billigem Graubrot Dresche gekriegt hab, Mann! Die andren Brote sind viel zu teuer. Solln wir etwa Brot für 38 Kronen essen? Papa sagt immer: »Ich bin nicht nach Norwegen gekommen, um die Körner im Brot selbst zu zerbeißen, Graubrot ist schon grob genug.« Kein Wunder, dass wir Blut kacken.

Wartet nur ab, bis Mahmoud reich wird, dann kauf ich das beste, beeeste Graubrot der Welt. Bro, ich fahr mit meinem Tesla zum Mini-Markt, nee, zu so ’nem Feinkostladen, und kauf das beste Brot mit den besten Ballaststoffen und den besten Körnern. So eins, das von blinden Nonnen aus Valencia geknetet und gebacken wird, Bruder. Und wer hat es mit Körnern bestreut? Yo, sexy Mamacitas Chiquitas aus Kuba! Falls ich nicht ganz so reich bin, nur so mittelreich, kauf ich halt so No-Carb-Haferbrot von irgend'ner Bio-Marke oder so 'n Petter-Northug-Brot.

Der einäugige Arif und ich bezahlen und hängen unten vorm Wohnblock rum. Arif hat immer Bock zu chillen, ihn fuckt das ständige Geplärre seiner Geschwister ab und das seiner Hijab tragenden Mutter, die nonstop über Lautsprecher mit irgendwelchen Verwandten in Somalia quatscht.

Und ja, Mama und Papa trinken halt immer so Doodh Pati Chai, pakistanischen Tee, der bis zum Verrecken totgekocht wird. Wetten, dass der Onkel auch massig Chai trinkt? Das heißt, wir brauchen mindestens jeden zweiten Tag neue Milch, und das heißt viele, viele Wege zum Mini-Markt für mich. Ich seh meine Sommerferien vor mir. Während Peder und Filip vom Fünfer ins Becken springen, spring ich nur in den Laden.

Papa ist mit dem Taxi los nach Gardermoen, um den Onkel einzusammeln. Ich steh mit meinem einäugigen Somalibruder vorm Block, wir stehn so rum und genießen die Wärme des Sommers auf der Haut. Wir werden zwar nicht brauner und schwärzer, als wir sind, aber etwas Vitamin D schadet nicht, Digga. Meistens sagen wir nicht viel. Aber das ist voll okay. Ich denk so über dies und das nach, philosophier 'n bisschen übers Leben, weil ich frag mich halt vieles, weißte, was ich mein? Mama nennt mich 'nen Philosophen, einen Sohn von Ghalib, das ist so 'n Alkoholiker, der früher mal in Indien Gedichte geschrieben hat. Sie sagt, ich denk zu viel nach.

Plötzlich bricht Arif die Stille.

»Brudi?«

»Was los, Brudi?«, antworte ich.

»Weißte, ich denk, so 'n Sommerjob wär echt nice, aber ich seh halt nicht so gut mit'm einen Auge.«

»Such einfach weiter, selbst wenn es scheißzuspät ist, Mann! Um 'nen Sommerjob musst du dich echt früh kümmern, Bro. Nicht erst so mitten in den Sommerferien, du Freak, du verpeilter Somali!«

»Verdammter Paki! Ich brauch 'ne voll gute Bewerbung, wie mach ich das beim Vorstellungsgespräch, Bro? Du bist doch 'n kluger Typ!«

Arif guckt mich so gespannt an, als hätt ich die Lösung für alle Rätsel der Welt, jedenfalls dafür, wie man 'nen Job kriegt.

»Hör zu, Bruder, spiel norwegischer Norweger. Sprich so posh so, weißte, was ich mein? Keine Wörter von der Straße, okay? Sprich wie 'n Olav oder 'n Preben oder, noch besser, wie 'n Axel. Fließend, Bro, bleib im Flow. Der norwegische Norweger muss glauben, dass du 'n norwegischer Norweger bist, bloß mit der falschen Hautfarbe, er muss denken, du bist adoptiert, Bro. Du musst zeigen, dass du hart arbeiten kannst, sonst denkt der, du machst so einen auf krank, sobald du deinen ersten Lohn hast, das steckt dir so im Blut! Faulheit, weißte. Du bist der erste Somali, der freiwillig arbeiten will, Erna Solberg müsste eigentlich 'ne Runde Marzipantorte im Parlament schmeißen, Digga!«

Ich zwinker ihm zu.

»Halt's Maul, Alter!«

»Ey hör mal! Du musst dich vom einäugigen Arif in 'nen einäugigen Kurt Bjarne Fredriksen verwandeln!«

Ich hätt mir selber 'nen Job gesucht, aber ich hab so 'n Schiss vorm Vorstellungsgespräch, da hab ich's gelassen, Mann. Denn ich bin sicher, wenn Astrid oder Sigrid oder irgend'ne andre Tussi im Betrieb 'nen Blick auf meine Bewerbung wirft, wird sie die zu 'nem Ball zusammenknüllen und mit spitzen Fingern in den Müll werfen, sobald sie meinen Namen sieht. Mahmoud Mahroff, echt jetzt? Ischwör, ich hab schon öfters überlegt, meinen Namen zu ändern. Ich würd mich lieber Jørn oder Bjørn nennen und sagen, dass ich adoptiert bin, aus Indien, Bangladesch oder dem Iran. Weil man muss die Norweger 'n bisschen an der Nase rumführen, das musst du, um zu überleben, erzählst ihnen Storys, die die Seele in ihnen erschüttern, weißte? Die wecken so sehr den Menschen in ihnen, dass sie dich mit nach Hause nehmen und dir Kakao kochen wolln, Bruder, und dir zwei Butterbrote schmieren mit gelbem Käse oder mit weißem, mit Paprika oder Gurke!

Auch wenn ich noch zur Schule geh, weiß ich, eines Tages muss ich hart arbeiten. Alle müssen das. Sonst läuft das System nicht mehr rund und nichts klappt mehr. Bald solln wir Pakistanis sogar zu so 'ner Ehrung ins Rathaus, jetzt, wo wir fünfzig Jahre in Norwegen gelebt haben! Fünfzig Jahre lang haben wir hart gearbeitet, Mann, aber klar, bei uns gab's auch Probleme, Zwangsehe und die Taxi-Affäre mit Steuerhinterziehung und all so Geschichten. Aaaallter, noch fünfzig Jahre und wir sind anerkannte Minderheit wie die Sami und die Sinti und Roma! Bestimmt nimmt Siv Jensen Schlaftabletten, um das zu verdrängen, Mann.

Aber Bruder, wenn ich mal Kinder krieg, geb ich denen Namen aus dem Koran, der Thora oder der Bibel, ich nenn die so, wie Leute in allen drei großen Religionen heißen können. Jakob, Michael, Gabriel oder Daniel. Bloß Ismail geht nicht, das ist zu muslimisch, und Isaak auch nicht, das ist zu jüdisch. Dann kriegen sie vielleicht Jobs! Da steht die Hautfarbe nämlich nicht im Namen! Wenn du willst, dass dein Sohn Arbeit kriegt, gib ihm keinen krass arabischen Namen.

Eine Frau aus dem Viertel hat ihren Sohn Jihad genannt. Einmal fuhr sie mit ihm ins Einkaufscenter, vier U-Bahn-Stationen von hier, der kleine Scheißer flitzte um die Ecke und sie fand ihn nicht wieder. Sie lief durchs Einkaufscenter und rief nach ihm: »Jihaaaaad, Jihaaaaad! Wo bist du, Jihaaaaad? Komm her, Jihaaaaad!« Sie ist 'n bisschen pummelig, die Tante, sie hätte glatt 'ne Sprengstoffweste unterm langen Mantel haben können. Die armen Norweger, Alter, die wollten doch nur bei 'ner Tasse Kaffee und 'nem Stück Marzipantorte im Café chillen. Und dann gab's Chaos statt Kuchen, alle rannten in verschiedene Richtungen weg, einige zu den Aufzügen, andre zum Parkplatz. Alte Frauen mit Rollatoren, alte norwegische Männer in so kleinen Elektromobilen mit null PS, ich hörte die Norweger schrein und kreischen. Da, plötzlich, entdeckte ich den kleinen Jihad, der mit 'ner roten Clownsnase in der kleinen Terroristenhand aus dem Billigladen kam und seiner Mutter zuwinkte! Ischwör, Digga, bei meiner Mutter und meinem Vater, meinem Großvater und meiner Großmutter! Echt, ich hatte sooo Angst, ich hätt mich fast bepisst, Alter. Wir wollten eigentlich nur 'ne Handyhülle für Papa kaufen, ich hab meinen Vater noch nie so schnell rennen sehn. Dabei sagt er sonst immer, seine

Beine täten ihm weh, an dem Tag hab ich jedenfalls nichts davon gesehn, Mann, nur den Willen zu überleben.

Ich hab ihn rufen hören: »Ich bin nicht nach Norwegen gekommen, um bei einem Terrorangriff zu sterben, wir haben genug Terrorangriffe auf den Märkten in Pakistan, beim Orangenkaufen. Lauf, du undankbarer Sohn von vier Maultieren!«

Einer aus der Schule, den hat sein Vater Halim Ul Hassan Bin Talib Bin Khawaja Bin Kayyum Ul Khusri Al Darioori husne Kitaaba genannt. Mann, Alter, der wird's schwer haben, 'nen Job zu kriegen!

Ich kann mir genau vorstellen, wie da 'n Norweger im Bewerbungsgespräch vor ihm sitzt, so 'n gechillter Typ mit Tommy-Hilfiger-Pullover und Hemd von Ralph Lauren, den Ehering aus echtem Gold am Ringfinger, und sagt: »Ja, Halim Ull Hassan Bin Talib, tja, Sie haben aber einen langen und exotischen Namen, höhö. Was, würden Sie sagen, sind Ihre Stärken, Halim Ull, ähm ... hm ... jetzt bin ich ein bisschen durcheinander. Haben Sie etwas dagegen, wenn ich einfach Hassan sage, das klingt doch gut? Ansonsten sitzen wir hier noch bis heute Abend, mit Ihrem langen Namen, und kommen zu gar nichts. Höhöhö!«

Ich sag's dir, Bro, um 'nen Job klarzumachen, darfst du nur zwei Namen haben, max. Wenn Mahmoud Mahroof nicht klappt, dann nenn ich mich eben Morten Martinsen.

Hoffentlich hat Arif das Wichtigste mitgekriegt. Wenn er zwischendrin was verpasst und sich seine eigene Version gebastelt hat, blamiert er sich nämlich beim Bewerbungsgespräch und haut den bekifftesten Scheiß raus, auf den sonst keine Sau käm.

Wir geben uns High Five, Low Five und Back Five wie echte Ghettokids. Das machen wir ’ne ganze Weile, denn wir wissen, die Sommerferien werden lang, kann ja nicht schaden, sich ohne Worte zu zeigen, dass wir beste Bros sind, indem wir die Hände auf verschiedene Weisen aneinanderschlagen.

»Ich muss los, Brudi, aber lass ma’ später snappen«, sag ich.

»Brudi, ich kann erst abends das Handy laden, Mann. Weißte doch, da sind noch acht andre, die ihre Handys laden wolln, wir ham ’ne Ladeliste, Bro. Aber sobald ich am Strom häng, hörste von mir.«

Ich geh den Blutberg hoch, wie wir ihn nennen, auf unsern Block zu. Dreh mich noch mal um und ruf Arif zu:

»Denk dran zu sagen, dass du nur Teilzeit arbeiten kannst!«

»Lass das Klugscheißen oder ich mach dich fertig, Mann!«

Arif hält seine Handfläche hoch.

»Bis später, Bro! Du weißt, ischliebdisch, du Fake-Kurt-Bjarne!«

Ich wink ihm mit der abgegriffenen Tüte zu. Hör ihn sagen:

»Wir sehn uns, Bruder! Ischliebdischauch, du Fake-Kartoffel!«

Ich näher mich meinem Block. Meiner Hood. Mein Block ist irgendwie mein Planet, ich hab da einfach mein ganzes Leben gewohnt, Mann. Seit sie mit mir aus dem Krankenhaus in Ullevål nach Hause gekommen sind, bin ich hier. Ich bin der Block und der Block ist ich. Weißte, was ich mein? Für mich ist der Block 'n gigantischer Lautsprecher, der was zu sagen hat und ruft: »Sieh mich an. Ey hör mal, Mann!« Aber keinen interessiert's. Irgendwer hat ihn einfach hier abgestellt, damit er verrottet. Die den Block verwalten, schicken alle Jubeljahre Leute aus Osteuropa für kleine Jobs hier und da, 'nen Balkon oder Aufzug reparieren und so.

Der Block ist wie 'n Ameisenhaufen mit hart arbeitenden Leuten, aber es gibt auch Idioten, die drauf scheißen und alles vom Sozialamt in den Arsch kriegen. Die faulen Ameisen halt. Klar, manche können die Sprache noch nicht gut genug, da wird's schwer mit 'nem Vorstellungsgespräch oder Job, aber viele werden faul oder geraten auf die schiefe Bahn.

Man sieht schnell, wer sich was leisten kann und dass die Kohle irgendwie nicht aus ehrlicher Arbeit kommt. So 'ne fette Uhr, die einem entgegenblinkt, die übelsten Retro-

Adidas-Sneaker mit schneeweißen Threestripes an der Seite. Feinste Jogginghose, feinster Hoodie. Armani-Bauchtasche quer über die Brust mit 'ner Menge Cash drin. Also, Vater und Mutter von denen, die noch nicht mal arbeiten gehn, haben das Geld dafür sicher nicht vom Sozialamt gekriegt. So viel Kohle gibt's nicht fürs Auf'm-Sofa-Rumsitzen und Fernsehn-aus-der-Heimat-Schaun.

Jede Wohnung hat ihre Geschichte, also ihren Schmerz, ihre Sorgen, ihre Gerüche, Erfahrungen, ihr Leben halt! Wie kleine Schubladen. Wenn du die Schubladen aufmachst, siehste echt komische Dinge, da würden die Norweger Schiss kriegen.

In den ersten fünf Etagen wohnen die mit wenig Geld plus die Eltern der Drogendealer. Außerdem die, die den Staat bescheißen, die sieben, acht Kinder in kleine Zimmer stopfen und langsames Internet haben.

Der einäugige Arif wohnt ganz unten, da im Erdgeschoss. Sein Vater kommt nur manchmal zu Besuch, denn der hat mehrere Frauen. Wenn man oben in der elften Etage aus dem Fenster guckt und alle seine Geschwister gleichzeitig zur Haustür reingehn, ischwör, die sehn echt aus wie Minisoldaten, die 'ne Razzia im Block durchziehen. Die marschieren in Reih und Glied. Ihre Mutter hat sie sicher gut im Pfiff, oder wie das heißt, wenn man seine Kinder unter Kontrolle hat!

Draußen vorm Block chillen alle auf ihre Weise, Jung und Alt stehn rum wie so Verrückte, die den Klimawandel feiern. Die Hitze hat auch Norwegen erwischt, jetzt wissen die norwegischen Norweger, was uns Ausländer hierhertreibt! Nicht nur Krieg, Hunger, Not und der Wunsch nach 'nem bessren Leben, sondern auch 45 Grad im Schatten! Plus zigtausend Malariamücken und hungrige Fliegen. Bald überleben die Malariamücken auch hier in Norwegen und dann kriegen alle Kariannes und Margarethes in ihrem eigenen Land tödlichen Dünnschiss. Dann kriegen sie die Au-Land-Probleme im I-Land zu spüren. Und sagen in fettem Dialekt so: »Jetzt versteh ich, wovor sie abgehaun sind«, während sie das vierzehnte Mal zum Klo rennen, um Blut zu scheißen.

Ich schwör bei gut gebratenem Dönerfleisch, einmal ist mir was echt Komisches passiert. Den ganzen Tag bin ich nur Pakistanis begegnet! Kein Scheiß, Mann! Den ganzen Tag lang bin ich nur in meine eigenen Leute gerannt, da hab sogar ich Angst gekriegt, dass wir langsam das Land übernehmen, so wie die Rechten immer sagen. Passiert jetzt wirklich, wovor Carl I. Hagen von Geburt an gewarnt hat? Ich war richtig erleichtert, als ich Flaschen in Plastiktüten klirren hörte und Ruth aus dem Nachbarblock, die ihre Stütze jeden Monat flüssig konsumiert, mit ihren drei Kläffern aus dem Waldstück um die Ecke kam. Da hockt sie eigentlich immer auf 'nem Baumstompf, oder wie das heißt, wo sie säuft und mit sich selber und der Luft spricht und eine Selbstgedrehte nach der andern qualmt.

Die paar Norweger, die hier wohnen, sitzen vorm Einkaufscenter und saufen oder drehen Kippen, als ginge es um ihr Leben. Genau wie Ruth. Laufen mit eigelbgelben Fingernägeln rum, husten trocken, fangen 'nen Satz an, husten weiter. Die Frauen haben fast alle schwarz gefärbte Haare mit so 'm bisschen Lila drin. Als ob sie sich alle auf diese Kombi geeinigt hätten. Die ganze Truppe stinkt nach Pisse und Tabak und läuft in Jogginganzügen und Daunenjacken rum, die in den Achtzigern schon out waren. Aber verdammt loyale Hunde haben sie, die weichen ihnen nicht von der Seite. Respekt, weil sie haben es finanziell halt nicht so gut, also die Hunde jetzt, jedenfalls beweisen sie, sie sind der beste Freund des Menschen.

Hier herrscht große Armut, viele verdünnen ihre Linsensuppe, oder welche Suppe auch immer, täglich mit Wasser. Als Kind hab ich das bei Freunden selber mitgekriegt. Es war ihnen immer peinlich, wenn es Abendessen gab, dann sollte ich gehn. Aber ich hab's gleich gecheckt, weil grade muslimische Familien im Ausland lassen einen nicht nach Hause gehn, wenn's Essen gibt, Gäste sind 'n Gottesgeschenk, Mann. Aber ich bin doch gegangen, weil ich's halt kapiert hab. Weil ich's nachvollziehen konnte.

An manchen Tagen kommt Papa mit nicht mehr als 250 Kronen vom Taxijob nach Hause, Alter! Dann gibt's auch 'n paar Tage am Stück nur wässrige Linsensuppe. Man gewöhnt sich dran, dann liegt halt mal kein Fleisch in der Truhe. Mama geht auch arbeiten, aber man hat ja auch noch 'nen Kredit für die Wohnung abzubezahlen, Hausgeld und so weiter. Und in die Heimat muss man auch noch was schicken.

Manchmal versteh ich diese Rechten schon, also dass sie voll die Paranoia schieben und meinen, hier herrschten brasilianische Favela-Verhältnisse oder schwedische Verhältnisse, wie sie es nennen. Ja, hier wird Dope vertickt, aber mir versuchen sie nicht was anzudrehen, weil weil sonst hätten sie meinen Vater am Arsch. Die wissen, dass er brutalausticken kann, Bro.

Eigentlich ist mein Vater ein schlimmerer Rassist als die

von den Rechten. Wenn er sieht, wie die Leute ihre Zeit mit Nichtstun verplempern, keinen Job haben, dann wird er halt wütend und regt sich auf. Dann sagt er zu meinem kleinen Bruder und mir: »Ich bin nicht nach Norwegen gekommen, um meine Zeit mit Quatsch zu vergeuden, ich bin nach Norwegen gekommen, um hart zu arbeiten. HART zu arbeiten, HART!« Das Wort »hart« betont er immer extra, damit wir's auch wirklich kapieren. Was die Rechten in der Regel vergessen, ist, dass Papa und solche wie er, dass sie dieses Land mit aufgebaut haben. Die sollten dankbar sein. Ich hab meinen Vater noch nie 'nen Wecker stellen sehn, der Wecker ist in seinem Kopf, Mann, in seiner Seele. Sein Körper weiß genau, wann er aufwachen muss, der ist längst zur Maschine geworden, Alter.

Viele *der* Ausländer, die hart arbeiten, bekommen voll den Hass auf *die* Ausländer, die vierundzwanzig Stunden am Tag faul rumhängen. Du hast ja keine Ahnung, Bruder! Auch die Ausländer haben ihr System, wer gut ist und wer nicht. Pakistanis mögen zum Beispiel keine Polen, weil die Pakistanis finden, dass es inzwischen zu viele von denen gibt. Aber dann sind die Polen auch wieder echt gut im Fliesenlegen, einer, den wir kennen, hat sich das ganze Klo von vier Polen renovieren lassen und war meeegazufrieden. Ist schon ziemlich geil, wenn du dunkle Haut hast und 'n Weißer für dich arbeitet. Vor vielen Jahren mussten wir für die Weißen in Indien Baumwolle pflücken, jetzt müssen sie uns die Klos montieren. Aber ich glaub, die Weißen aus Nordeuropa blicken auf die Weißen aus Osteuropa runter. Dafür gibt's anscheinend auch so 'n Farbsystem wie im Baumarkt. Eierschalenweiß und so, du weißt schon.

Also, ganz ehrlich, ich denke an eine Sache, ist jetzt nicht böse gemeint, aber Mama und Papa haben nach meinem kleinen Bruder und mir aufgehört, Kinder zu kriegen. Die haben halt nicht noch fünf gemacht, kapierste? Weil ich seh viele von den Kindern aus den engen Wohnungen, die hängen halt auf der Straße rum und manche rutschen ab. Wenn du Kinder kriegst, musst du für sie da sein, über Jahre, oder? Man kann sie nicht einfach von der Leine lassen und hoffen, dass sie sich schon irgendwie zurechtfinden! Weil, bäm, ist man Jugendlicher, hat man seine Probleme und so. Und wenn sich niemand ordentlich kümmert, sondern man nur gemacht wird, um gemacht zu werden, dann gerät man an die falschen Freunde und kommt um zwei oder drei Uhr nachts nach Hause. Man lost in der Schule ab. Vielleicht baut man Scheiße. Hat ganz tief drin die Schnauze voll vom Leben, mit fünf, sechs Geschwistern in 'ner engen Wohnung mit zwei, drei Zimmern, einer pennt im Wohnzimmer, also man hat echt null Alone-Time.

Papa hat beim Abendessen, als es Lauchsuppe mit Reis gab, mal gesagt, das weiß ich noch ganz genau: »Ich bin nicht nach Norwegen mit seiner sauberen Luft gekommen, um Kinder zu kriegen und sie in ein Zimmer zu quetschen wie vier Bratwürstchen in ein Brötchen.« Bro, das ist der beste Vergleich, den ich je gehört hab. So 'n Fünf-Sterne-Vergleich.

Norwegische Kinder, hallo, die schließen alle erst mal 'nen schriftlichen oder mündlichen Vertrag ab, bevor sie geboren werden. So: »Ich, Eskil Haraldsen, krieg mein eigenes Zimmer oder ich komm gar nicht erst raus. Weil ich ein Junge bin, soll mein Zimmer blau gestrichen werden. Dazu bekomm ich Peppa-Wutz-Bettwäsche.« Wir Ausländerkinder, wir kommen rausgeploppt, als wär's der reine Spaß. Uns, uns kriegt man fürs Kindergeld! Ich seh so viele Kids, die Eltern kümmern sich halt nicht um sie, Alter, die glotzen den ganzen Tag ihre ausländischen Fernsehsender, selbst wenn's bei ihnen zu Hause brennt.

Nur als Kind war ich mal bei 'nem norwegischen Freund zu Hause und die norwegischen Norweger, die lieben Ruhe! Ich wär am liebsten da eingezogen, so ruhig war es da, Mann, du hast ja keine Ahnung. Ich hab mich gleich so richtig Zen gefühlt. Ich bin immer rüber zu ihm, um PlayStation zu spielen. Dem seine Family ist aber weggezogen, sobald sie genug Geld zusammenhatten, also weg aus diesem Viertel in ein besseres. Alex hieß der Sohn, ich weiß noch, er hat mir mal *Lustige Taschenbücher* geliehen. Als ich sie zurückgebracht hab, hat er dran geschnüffelt und meinte, die riechen irgendwie komisch. Dann hat er sie einfach zu den andren Comics ins Regal gestellt. Bruder, ich hab ihm dafür pakistanische Donald-Duck-Hefte und Tick, Trick und Track geliehen. Eigentlich ärger ich mich voll, dass ich keine Zwiebelscheiben zwischen die Seiten gesteckt hab. Alex hatte null Bock, sich zu integrieren, weißte, was ich mein? Seine Family hat's bei uns im Viertel einfach nicht ausgehalten. Später ist er sicher mit andern norwegischen Jungs in seinem Garten auf dem Trampolin rumgesprungen, mit seinesgleichen, hat Krone-Is gegessen, und immer wenn er mich vermisst hat, hat er vielleicht an den *Lustigen Taschenbüchern* gerochen.

Ey hör mal! Ich schreib dieses Buch, weil norwegische Norweger auf so was abfahren. Die lieben es, wenn ein Ausländer, am besten noch 'n bisschen unterdrückter und ungeschliffener Diamant, so ein, zwei Bücher schreibt. Darüber, wie es »eigentlich« ist, dunklere Haut zu haben, über die ganzen Narben, allen Schmerz, alle Schwierigkeiten. Weil sie trauen sich halt nicht, direkt mit uns zu reden. Haben Schiss, dass wir ihnen die Handtasche wegreißen, wenn wir ihnen zu nahe kommen, Mann! Dann lieber ein Buch lesen, Bro. Mit genügend Abstand. Einer Tasse Tee daneben, in 'ne Decke gekuschelt. Sich dabei entspannen, weißte. So verstehn sie uns. Danach fühlen sie sich dann genauso, als wenn sie 'nen Doktortitel gemacht hätten, als wenn sie ihren Horizont erweitert hätten. Sie sehn die Welt durch 'ne ganz neue Brille, machen 'ne Flasche Wein auf, den niiicesten Au le Petif Chauteau Blauteau oder so 'n Scheiß, bio natürlich, näseln den Namen ganz französisch, laden Freunde und Freundinnen ein, diskutieren über das Buch. Dabei werfen sie mit so schwierigen Ausdrücken um sich. Was das Pathos des Protagonisten ist, bla, bla, bla!

Ich stapf weiter in Richtung Eingangstür. Besser schnell hoch, damit Mama alle fünfzehn Sachen vorbereiten kann, die sie Onkel Ji auftischen will. Ich seh die Post durch, nur Supermarktprospekte von OBS und Meny. Wir Ausländer lieben OBS. Meny ist zu teuer, Mann! Was solln wir da schon kaufen, Mochi-Eis vielleicht?

Der Aufzug ist kaputt, also muss ich seit einigen Monaten Treppen steigen, bis hoch in die elfte Etage! Milch und Brot die Treppe rauf, so ziemlich jeden Tag. Sogar ein Afrikaner, der kilometerweit zum Wasserholen geht, hat es besser als ich, die müssen immerhin keine Treppen rauf, sondern nur geradeaus, also glaub ich zumindest!

In letzter Zeit ist mein Hintern verdammt fest geworden. Sonst bin ich immer noch schmächtig, aber mein Hintern ist wie bei 'nem jamaikanischen Hundertmeterläufer. Ich kann Nüsse mit diesen Arschbacken knacken, der kaputte Aufzug beschert mir den knackigsten Arsch ever. Wenn ich jetzt 'n Mädchen wär, ich wär so 'ne Influencerin und würd meinen Hintern auf Instagram rausstrecken und ewig viele Likes kriegen, Geld verdienen und 'n Buch schreiben, was für'n großes Vorbild ich für Jüngere bin und was ich alles durchgemacht hab!

Mit Mamas Milchpackungen ist das anstrengend, das Brot wiegt quasi nichts, ist ja nur Luft. Aber die Milch muss ich schleppen wie 'n pakistanischer Packesel. Ich seh mein Leben vor mir. Als Shopping-Bitch! Alter, wenn ich genau drüber nachdenke, bin ich eigentlich bloß der Kuli meiner Eltern.

Ich näher mich unsrer Etage. Der Gedanke an Mama macht mich ein bisschen nervös, weil man weiß nie, wie sie drauf ist, also muss ich vorsichtig sein. Sie ist vermutlich nicht so happy, dass ihr Schwager zu Besuch kommt, denn dann muss sie jeden Tag hart arbeiten, gastfreundlich sein, die Wohnung sauber halten, Essen kochen, das er mag, es ihm so bequem wie möglich machen, damit er's in Norwegen schön hat. Wir wolln doch nicht, dass er sich zu Hause beschwert, sagt, dass wir nicht nett zu ihm waren, dass wir uns nicht gut genug um ihn gekümmert haben, nicht gastfreundlich genug waren. Mama hat Urlaub von der Arbeit, aber zu Hause kriegt sie keinen Urlaub. Bis jetzt hab ich sie nicht oft lächeln sehn. Ich hab nur vierzehn Paar Schlappen mit verschiedenen Sohlenstärken gesehn, Bro! Sie hat sie taktisch klug in der Wohnung verteilt, um quasi immer auf der sicheren Seite zu sein. Sie sagt: »Sobald ich seh, dass ihr was anstellt, was mir als Mutter nicht gefällt, hab ich sie bereit.« Dann weist sie erst auf das Paar Schlappen an ihren Füßen und dann mit der Hand durch den Raum, um zu zeigen, dass da noch mehr sind. Ein Paar in der Vorratskammer, neben dem Zwanzig-Kilo-Reissack. Ein Paar unter dem Waschbecken, neben dem Badreiniger. Noch eins nicht weit vom Gebetsteppich weg und eins unter dem Bett. Sie hat sogar zwei Schlappen ineinandergeschoben, sodass sie 'n Doppelpack hat – zweifache Chance, Mahmoud zu treffen. Sie hat auch 'n Paar auf'm Balkon, das hab ich entdeckt, als der Frühling kam, Alter, das war gefroren! Steinhart. Diese Frau hat ein Paar Schlappen für jeden Anlass. Kein Scheiß, ein Paar aus weichem Plastik hat sie sogar mal vier Tage lang in 'ner starken Gewürzmischung mariniert, sodass sich die Gewürze im Plastik festgesetzt haben. Sie sagt, das gibt 'n Doppelschmerz, erst tut der Schuh weh und dann die Gewürze in der Wunde. Ende der Geschichte, Mann!

Diese Frau geht wegen allem in die Luft. Wenn sie schlechte News aus der Heimat hört, verdrischt sie uns. Wir sind ihre mexikanischen Piñatas. Also ist jetzt nicht so, dass wir Angst vor ihr haben, sie ist voll von Liebe, das ist es nicht, aber in ihrer Nähe muss man vorsichtig sein. Plötzlich wirste verdroschen. Einmal, ich hatte Mama 'ne freche Antwort gegeben, wollte sie mich mit so 'm Stab schlagen, den man im Gartencenter kaufen kann, wo man die Pflanzen so dran festmacht, damit sie gerade wachsen.

Ich weiß noch, wie sie hinter mir herrannte und schrie: »Du undankbarer Sohn, die Pflanze ist zwar schief geworden, aber dich bekomm ich gerade!« Ich war clever, Mann, bin ins Bad gelaufen und hab mich fürs Gebet gewaschen, rein in die pakistanischen Klamotten, die Gebetsmütze auf, voll der Gute-Sohn-Stil. Dann hab ich ihr zugerufen: »Mama, du darfst mich jetzt nicht schlagen, ich hab mich grade fürs Gebet fertig gemacht.« Sie hat mich gehört, und als ich aus dem Bad gekommen und so schnell wie möglich rüber zum Gebetsteppich bin, hat sie sich ein bisschen beruhigt. Das war das längste Gebet meines Lebens, Bro. Ich hab gebetet und gebetet, eeewig. Gegen den Klimawandel, für Frieden auf der Welt, einfach alles, für das man beten soll. Und dann, während ich mit der Nase am Boden kleb und bete, hör ich sie plötzlich sagen: »Bete, solange du willst, Sohn, bete, so viel du kannst, denn du wirst es brauchen. Sobald du fertig bist, stutz ich dich mit diesem Stab in meiner Hand zurecht!«

Aber Mama ist Mama, weißte. Sie kann mich grün und blau schlagen, ich lieb sie trotzdem. Unsre Mütter sind gute Taktikerinnen, Mann, die spielen taktisch mit unsern Herzen. Erst prügeln sie dich und dann umarmen sie dich. Die verwirren dich, Bruder! Bis du denkst: Selbst im Schmerz steckt Liebe, yo.

Mama putzt in der Osloer Universität, und zwar schon seit einundzwanzig Jahren, Alter. Gleich nachdem Papa sie hergeholt hat, hat sie 'nen Norwegischkurs gemacht und angefangen zu arbeiten. Ihr Rücken quält sie, die Beine tun weh, trotzdem schuftet sie wie 'ne Heldin, Bro. Ihr größter Traum, von dem sie mir mindestens siebenmal die Woche erzählt, ist, dass ich als Student an die Uni geh und sie mich beim Studieren beobachtet, während sie die Flure und die Toiletten schrubbt.

Aber erst mal muss ich die Schule schaffen. Nach dem Sommer fang ich an ’ner neuen Schule auf der andren Seite der Stadt an. Ich muss echt reinhaun, damit Mama erlebt, dass ich an der Uni anfang, Mann. Papa träumt davon, dass ich AMIR werde, also Arzt, Manager, Ingenieur oder Rechtsanwalt, aber ich will Lehrer werden. Mir ist schon klar, das ist bei Pakistanis kein beliebter Beruf, weil uns Prestige, oder wie das heißt, ziemlich wichtig ist und viele gern mit Geld protzen. Außerdem ziehen alle ständig über Lehrer her, aber ich hab Bock, mit Kindern und Jugendlichen zu arbeiten, die’s nicht so leicht haben, Mann, sie fürs Leben zu motivieren. Ich will denen erzählen, dass man alles erreichen kann, Alter, wenn man sich nur anstrengt, deshalb muss auch ich mich reinhängen, muss meinem kleinen Bruder zeigen, dass man was werden kann, wenn man nur hart arbeitet. Ich muss ein gutes Rolemodel für ihn sein, Alter. So ’n gutes Vorbild eben. Im Moment sind nämlich Elsa und Vaiana seine Vorbilder, Alter, weil er sich die ganze Zeit die Filme reinzieht. Er ist in sie verknallt, träumt von Disney-Chicas, Digga, und zwar 24/7!

Ich nehm die letzten Stufen und betret die Wohnung, leg die Rema-1000-Tüte auf den Küchentisch und frag, ob ich Mama bei was helfen soll. Sie so: »Nein danke, und ein langes und gesegnetes Leben dir. Du hast genug geholfen, indem du Milch und Brot geholt hast.«

Immer so lange Segnungen, bloß schön stehn bleiben und zuhören, bis sie fertig ist. Ich glaub nicht, dass norwegische Mütter ihre Kinder so häufig segnen, Mann. Die sind sicher froh, wenn die Kids achtzehn sind und weit wegziehen. Unsre Mütter, Alter, die wolln ihre Kinder für immer und ewig in der Nähe haben. Die lieben dich so völlig krank, haben dich quasi gemacht, um auf dich aufzupassen. Daran erinnern sie dich jeden Tag, einer ihrer Tricks ist, dich so krass zu segnen, dass du voll gerührt bist. Kuss auf die Stirn und so.

Auf dem Weg in mein Zimmer hör ich Mama so: »Kannst du deinem kleinen Bruder das Tablet wegnehmen? Er sitzt schon seit Stunden davor. Sag ihm, er wird blind, wenn er so weitermacht, wie soll er dann studieren? Solln das etwa andre für ihn machen? Sag ihm, er soll sein Gesicht waschen, die Haare kämmen, sich ein ordentliches T-Shirt und eine ordentliche Hose anziehen.«

Ich geh in mein Zimmer, oder eigentlich unsres, weil ich teil es mir mit Ali. Er schaut vom Tablet auf. Ich glaub, er hat Mama gehört, denn er sagt:

»Ich komme, Bhai.«

Bhai heißt großer Bruder.

»Was guckst du da?«, frag ich.

»Nur *My Little Pony*«, sagt er.

Ich muss ihn mal ein bisschen briefen, glaub ich.

»Bruder, guck dir lieber was mit Action an, *Ninjago*, *Captain America* oder *Hulk*, guck dir besser ’n paar Schießereien an, du bist zu groß für *My Little Pony*, Mann, das war okay, als du klein warst, aber jetzt bist du schon zehn!«

Was ist mit ihm, Alter, ist er zurückgeblieben, oder was? Ich krieg keine Antwort.

»Guckst du dir das an, um den Chicks aus deiner Klasse zu imponieren? Häh? ’ne heeeiße Chica, Bro, ich kenn dich doch!«

Ich wuschle ihm durchs Haar, er grinst frech.

»Mama hat gesagt, du sollst dich ’n bisschen schick machen, ordentliches T-Shirt, vernünftige Hose.«

Er schaut mich an.

»Nur noch ein bisschen, Bhai, ganz kurz noch.«

Damit er seinen Arsch hochkriegt, Mann, sag ich ihm, was Sache ist.

»Willst du, dass sie dir ’ne Massage mit dem Schlappen verpasst? Ist es da nicht vielleicht besser, du bekommst deinen Hintern hoch und tust, was man dir sagt? Du kriegst noch solche Brillengläser, dick wie der Boden von ’ner Colaflasche. Du kennst doch diese Colaflaschen aus Glas? ’Ne Freundin kannst du dir dann abschminken. Dann bleibst du für den Rest deines Lebens allein und kannst deinen Pimmel selber anfassen, willst du das, he?«

Endlich setzt er sich in Bewegung, nimmt ’n paar Klamotten aus dem Schrank und macht sich auf den Weg ins Bad.

Plötzlich hör ich Mama rufen.

»Oieee, hast du die richtigen Chilis mitgebracht, die so klein und rundlich sind, nicht diese Vogelaugenchilis? Die verträgt dein Vater nicht. Davon tut ihm der Hintern noch mehr weh. Ich sag ihm immer, steig mal aus dem Taxi aus, streck die Beine, mach Yoga. Aber nein! Der sitzt nur im Auto auf seinem Hintern und nutzt den völlig ab. Womit hab ich nur so einen Mann verdient? Was habe ich getan, um so was zu verdienen? Welche Segnungen meiner Eltern habe ich verpasst? Wessen Herz habe ich verletzt, dass es so enden musste?«

Ich lass Mama weiterreden, ich glaub, es ist echt gesund für sie, ihre Gedanken rauszulassen. Was soll ich auch sagen? »Tausch den Mann aus, Mama! Such dir ’nen neuen Lebenspartner. Ole Petter! Er isst nur milde Sachen. So Schwarzbrot mit Frischkäse und Paprika drauf! Der kriegt keinen wunden Arsch!« Da würd sie mich verprügeln, Bro, aber so was von, am Ende säß ich selber mit ’nem wunden Arsch da.

»Los, deck den Tisch, sie müssen jeden Moment da sein. Starr nicht die ganze Zeit aufs Handy, du wirst ja noch blind und wer soll dann bitte an der Uni studieren, deine Mutter vielleicht? Würdest du dann für mich putzen? He, oie?«

Mama ist wie ’ne Heimkinoanlage, Dolby Surround. Man hört sie 360 Grad um sich rum, sie ist wie ’n Helikopter in ’nem Kriegsfilm, du versuchst, dich zu verstecken, aber nein, nein, der Helikopter findet dich, das Propellergeräusch kommt immer näher. Schrapp-schrapp, schrapp-schrapp.

Sie öffnet die Tür zu unserm Zimmer und sieht das Chaos.

»Wer, bitte schön, soll das Zimmer aufräumen, eure Mutter vielleicht? Zeigt eurem Onkel, dass wir eine schöne Wohnung haben, er soll sehn, dass Menschen in diesem Zimmer leben, keine Affen. Manchmal frag ich mich, ob ich euch aus dem Krankenhaus oder aus dem Zoo geholt hab! Hoch mit dem Hintern, sonst gibt’s einen Gruß vom Schlappen! Manchmal denke ich, ich hätte besser Ziegelsteine rausgepresst statt dich und deinen kleinen Bruder, sogar Steine sind zu mehr zu gebrauchen als ihr zwei!«

Ich steh auf, spür Mamas Blick im Rücken, während sie die Tür langsam hinter sich zuzieht. Auf ’ne Ninja-Attacke aus dem Nichts kann ich verzichten, also fang ich an, aufzuräumen. Ali könnte verdammt noch mal helfen, Alter, weil so klein ist der nun auch nicht mehr. Ist er auf’m Klo eingeschlafen, oder was?

Ich hör Mama vom Flur aus zu ihm reinrufen.

»Oie, du machst dich nicht für deine Hochzeit fein, beeil dich ein bisschen. Wie eine pakistanische Braut! Jungs springen doch fünf Minuten unter die Dusche und schmieren sich ein bisschen Gel ins Haar. Das ist bloß dein Onkel, das sind nicht deine künftigen Schwiegereltern!«

Mama hat die volle Kontrolle über uns zwei Jungs und ihren Mann! Sie zeigt uns, wo der Hammer hängt, Papa weiß tief in seinem Inneren, sie ist die Chefin. Wenn er versucht, sich damit rauszureden, dass er müde ist oder irgendwas nicht schafft, keift sie gleich, dass sie genauso arbeitet, Steuern zahlt, dass sie genauso müde ist! Was glaubt er denn, dass nur er schuftet? Ich hab 'ne starke Mutter, Bro, die lässt sich von niemandem die Butter vom Brot nehmen. Ich bin stolz auf sie, sie ist nicht so 'ne schwache Frau, kapiert?

Und Papa, dem Kerl, seh ich an, dass er großen Respekt vor ihr hat, er weiß, sie ist 'ne hart arbeitende Maschine, er weiß, er muss ihr Liebe und Respekt geben, um dasselbe zurückzukriegen. Ich seh auch, dass die beiden sich sehr gernhaben, sie werfen sich flirtende Blicke zu und so, wenn sie denken, wir sehn das nicht. Papa und Mama konnten nicht so leicht Kinder kriegen, alle haben Mama gedisst. Es sind nämlich fast immer nur die Frauen, die so was von ihren Schwiegerfamilien zu hören kriegen, weißte, was ich mein? Sie haben hinter Mamas Rücken und vor ihrem Gesicht getratscht. Haben nicht an Trashtalk gespart, Mann! Irgendwann hätten sie ihr wahrscheinlich auch noch Säure ins Gesicht gekippt, aber zum Glück sind die Wichser so weit nicht gegangen. Du musst wissen, Papas und Mamas Ehe war keine arrangierte, es war eine Liebesheirat. Sie sind aus verschiedenen Kasten, sie aus 'ner niedrigen, er aus 'ner hohen. Als ob das ’ne Rolle spielt, echt jetzt! In Norwegen putzen alle Kasten Klos und fahren Taxi.

Aber die Leute haben viele irre Sachen zu ihnen gesagt. »Warum kriegt ihr keine Kinder, wisst ihr nicht, wie man Kinder macht? Macht mal ein paar Jungs. Ihr wisst doch, Kinder bedeuten Sicherheit, Kinder bedeuten Freude. Kinder sind die Zukunft, sie werden auf euch aufpassen. Werden eure Schultern und Beine massieren, wenn sie wehtun. Gebe Gott euch einen Stall voll Jungs.«

Also, ich find’s ganz gut, dass sie nur flirten und nicht ständig Kinder machen, denn sonst hätt ich mehr Geschwister als der durchschnittliche Somali oder Iraki, Bro! Dann müsste ich mein Zimmer mit vierzehn andren teilen und könnte nie in Ruhe atmen.

Ich hör, wie die Haustür aufgeht. Jetzt kommen Papa und der Onkel. Ich räum weg, was geht, werf ’nen schnellen Blick durchs Zimmer und betrete gespannt das Wohnzimmer. Es ist lange her, dass ich meinen Onkel zuletzt gesehn hab, vielleicht sechs Jahre. Er hat sich ’n bisschen verändert, aber nicht viel. Er hat jedenfalls mehr weiße Haare auf dem Kopf als letztes Mal. Ich geh auf ihn zu und drück ihn fest. Wir haben mal geskypt, aber vor langer Zeit. Er hat sich so ’n krassen Schnurrbart wachsen lassen und trägt ’nen pakistanischen Salwar Kamiz unter ’ner schwarzen Weste. Sieht aus wie ’n korrupter pakistanischer Politiker. Man könnte glauben, er wär bereit, Pakistan zu übernehmen.

Nachdem sich alle begrüßt haben, erteilt Mama Befehle.

»Hände und Gesicht waschen, das Essen ist gleich fertig.«

Mama will Papa und mich ins Badezimmer schieben, aber bevor sie die Tür öffnen kann, kommt mein kleiner Bruder raus, mit ’ner Kette von ihr um den Hals und schwarzem Nagellack auf den Fingernägeln, rosa T-Shirt und hellblauen Shorts.

»Bhai, sehe ich nicht aus wie ein echter Gangster mit voll viel Bling-Bling?

Der Onkel schaut ihn komisch an.

»Ali, du ... bist ja richtig groß geworden, aber was hast du da an?«

Er will ihn umarmen, aber Mama hat schon ihren Schlappen ausgezogen.

»Ich mach 'nen Gangster aus dir, dein Vater und ich arbeiten Tag und Nacht und du willst Gangster werden, na warte, du ... warst du deshalb so lange im Bad, hast die Zeit für diesen Quatsch vertrödelt!«

Bevor sie Ali mit dem Schlappen erwischen kann, halt ich sie auf.

»Mama, Mama, lass mich mit ihm reden. Ali, so sehn Gangster nicht aus. Komm, ich such dir was Besseres raus, was hast du da? Bist du 'n Gangster aus Sri Lanka, oder was? Die lieben Gold. Du musst schon die richtigen Farben nehmen, Mann, du siehst aus wie so 'ne kleine männliche Gangster-Bitch! Komm, zieh das aus, ich such dir was andres. Was in Jungsfarben. Mama, wo ist dein Nagellackentferner?«

Mama sagt, auf der Kommode im Elternschlafzimmer. Ich seh in ihren und Papas Augen, dass sie das mit meinem kleinen Bruder stresst. Gangster my brown ass!

Ich nehm Ali mit in unser Zimmer und hör, wie mein Onkel fragt:

»Was war das denn? Lustiges Kerlchen, der kleine Ali, ein bisschen verrückt, was?«

Papa antwortet nicht.

Ich sag zu Ali, er soll sich aufs Bett setzen. Geh rüber ins Schlafzimmer, hol den Nagellackentferner.

»Zieh dir jetzt was Ordentliches an, nicht so 'n Blödsinn,

klar? Und kein Wort mehr über so 'n Gangsterzeug, keine Halsketten, keine Gangster, so läuft das nämlich nicht, Bro. Du verbringst viel zu viel Zeit mit so 'nem Quatsch. Wir könnten längst am Tisch sitzen und voll das Festmahl in uns reinschaufeln, Mann!«

Nachdem der Nagellack ab ist, zieht Ali sich um und ich bring Mamas Kette wieder ins Schlafzimmer. Ali hat was normal Schickes angezogen. Wir gehn ins Wohnzimmer, auf dem Esstisch stehn einfach mal die besten pakistanischen Gerichte ever. Es riecht megagut, ich hab so 'n fucking Hunger, du hast ja keine Ahnung! Papa hat was Geld zur Seite gelegt, damit wir's uns leisten können, diesen schnurrbärtigen Dude von Onkel einzuladen. In Pakistan glauben sie, Geld wächst hier auf Bäumen, und haben keine Ahnung, dass man dafür arbeiten muss. Zum Glück haben wir so 'ne extra »Onkel für zwei Monate zu Besuch«-Spardose in der hintersten Ecke von Mamas und Papas Kleiderschrank.

Mama tischt all das gute Essen auf, das sie gekocht hat. Wir essen uns satt, der Onkel trinkt Sprite, Papa Cola, und beide Brüder lassen brutale Rülpser raus, die die Luft um uns rum zum Schwingen bringen. Es fehlt nur noch, dass sie mit ihren Rülpsern beatboxen.

Das Essen ist megageil, Bruder. Hühnchen, Lamm, Rind, dazu Sprite und Cola. Alle sind voll happy und zufrieden.

Denk dran, riiichtig laut zu rülpsen, das heißt, dass das Essen gut ist. In vielen Ländern in Asien und im Nahen Osten ist das so, bloß wenn man in Norwegen rülpst, entschuldigt man sich vierzehn Mal bei John-Arne und Tonje. Aber in manchen Kulturen rülpsen sie einfach munter drauflos.

Ein Rülpser ist ein … wie sagt man? Ach ja, ein Kompliment an den Koch, Alter.

Der Onkel vertilgt vier, fünf Samosas, Hühnersuppe mit Reis, Lammfleisch plus Ras Malai, so 'n pakistanisches Dessert. Nimmt einen letzten Schluck Sprite und rülpst wie 'n Bekloppter, Bruder! In der Luft um ihn rum liegt 'n Duft aus Sprite und Gewürzen, wie so 'n merkwürdiges Parfüm.

»Nach dem Essen kannst du mir die Waden massieren«, sagt Papa.

»Ich muss in vier Stunden zur Arbeit, vorher will ich mich was hinlegen.«

»Mich kannst du danach auch massieren. Ich bin seit fünf Uhr auf den Beinen und hab Essen gemacht.« Mama sieht mich an.

Mein Onkel guckt mich an, als hätt ich 'nen Massagesalon. Dann lobt er mich.

»Mashallah, Mahmoud ist so ein tüchtiger Junge, bekommt so viele Segnungen von Mama und Papa. Großartig!«

Die Norweger können sich im Leben nicht vorstellen, dass viele von uns Paki-Kids nur gezeugt werden, um ihre Eltern zu massieren, ich sag's dir! Oder um mal schnell was aus'm Laden zu holen. Wir kriegen schon in Mamas Bauch so 'ne Tafel mit unsren Aufgaben in Stein gemeißelt. Die Rema-1000-Tüte nehm ich garantiert mit ins Grab.

Mama hat endlos zu Gott gebetet, also ist in viele Moscheen rein, mein ich. Hat gebetet und gebetet, bis sie dann mich und meinen Bruder gekriegt hat. Ali ist fünf Jahre jünger als ich. Mama jammert immer so aus Spaß und sagt, ich hab länger als mein Bruder gebraucht, um rauszukommen.

Das liegt bestimmt daran, dass ich schon im Bauch 'ne Identitätskrise hatte. Voll so: »Wo bin ich hier, das ist 'n fremdes Land, gehör ich hier wirklich her? Heißt Siv Jensen mich hier willkommen?« Philosophie, von ganz tief drinnen.

Norwegische Norweger geben jede Menge Kohle für Massagen aus, weil die kennen das Geheimnis nicht. Seit wir klein waren, müssen wir unsre Mütter und Väter 24/7 massieren, Mann. Sobald unsre Hände groß genug sind, die so: ›Jetzt muss die Kinderarbeit aber langsam mal losgehn‹, und dann lassen sie sich von uns massieren. »Massier deiner Mutter den Kopf, deinem Vater die Beine, das Paradies wartet auf dich.« Ich sag dir, Brudi, die verarschen uns, die benutzen uns wie so kleine Thai-Ladys, die sie rund um die Uhr massieren. Die haben nonstop Verspannungen, Mann! Familienknatsch mit denen in der Heimat, Sorgen, Klatsch, alles, was ihre Ohren und Köpfe erreicht, bereitet ihnen kleine und große Beschwerden. Dann sagen sie noch so: »Das Paradies ist unter Mamas Füßen, den Schlüssel hat Papa.« Leck mich, Alter, wenn das Paradies endlich kommt! Aber noch wohn ich hier, in diesem Wohnblock. Stell dir vor, Bruder, Randi und Tom sagen so was zu ihrem Sohn oder ihrer Tochter, da rufen die Scheißblagen doch gleich beim Jugendamt an und sagen, die haben den Verstand verloren, nehmt entweder sie oder uns mit!

Meistens fährt Papa drei Schichten Taxi: eine, um die Rechnungen zu bezahlen, eine, um irgendwann 'nen Minipalast in Pakistan zu bauen, eine, um sich 'n neues Auto kaufen zu können. Toyota Avensis, zuverlässig und Japaner. Papa liebt alles Zuverlässige. Deshalb müssen wir ihn auch massieren, damit er noch viele Jahre lang zuverlässig funktioniert. Wenn wir k.o. sind und nicht mehr können, sagt er nur: »Ich bin nach Norwegen gekommen, damit ihr mal ein besseres Leben habt. Ihr seid mir die Massagen schuldig.« Er ist jeden Tag völlig fertig, also müssen mein Bruder und ich auf seinen Rücken steigen und auf ihm rumlaufen. Fühlt sich an wie auf so 'ner Color-Line-Fähre, Bruder! Es schaukelt und wiegt hin und her. Kanakeneltern haben raus, wie man Geld spart, weißte! Und wir Kanaken-Kids sind geborene Chiropraktikerinnen und Physiotherapeuten!

Norwegische Jugendliche schmeißen zu Hause Partys, wir massieren nonstop unsre Mütter und Väter, um gesegnet zu werden. Per und Emil müssen ihre Eltern sicher nicht massieren. Einmal wollt ich mit Freunden zu so 'ner Jugenddisco, da hat Papa direkt 'ne Bestellung aufgegeben, er nur so: »Erst wenn du mir die Beine massiert hast, kannst du gehen.« Mir sind an dem Abend so viele heiße Chicks durch die Lappen gegangen, nur weil Papa verspannte Waden hatte. Meine fucking Verwandten geben auch die ganze Zeit Bestellungen auf, weißte. Plötzlich wolln sie 'nen neuen Fernseher, 'ne neue Satellitenschüssel, neue Bettwäsche, Teppiche, Kissen und Decken, Rucksäcke für die Kinder. Die Maddafakkas glauben, Geld wächst hier auf Bäumen! Ja, genau, einfach mal im Frognerpark die Scheine vom Baum gepflückt. Und Papa muss dann wie 'n Irrer Überstunden schieben. Und wir kriegen kleinere Portionen zu essen, weniger Fleisch, weil er für die Penner sparen muss! Für die ist Papa das Sozialamt, selber ist er nie da gewesen, Digga.

Nach dem Essen holt der Onkel die Geschenke raus. Tütchen mit frischen Gewürzen für Mama, Saat, aus der sie versuchen kann Gemüse auf dem Balkon zu ziehen. In letzter Zeit ist's in Norwegen ziemlich warm geworden, vielleicht hilft das ja. So kann Mama die Heimat ein Stück näher holen. Für mich hat der Onkel Markenklamotten, Pakistan-Style. Mann, die haben so alberne Marken, das glaubst du nicht, Alter! Einmal hat Papa mir 'nen gefälschten Gucci-Gürtel aus Pakistan mitgebracht, wo das G wie 'ne Sechs aussah, und dazu 'n T-Shirt mit *Nike* vorne und *Adidas* hintendrauf und auf dem verdammten Etikett innen drin stand *Puma*! Die andern in der Schule ham mich übelst gedisst. Aber am schlimmsten ist das Käppi, das ich mal anhatte, da stand *Dolce & Gabbana* vorne, *Louis Vuitton* hinten und an den Seiten *Versace* drauf. Dass die da drüben immer so übertreiben müssen, Bro!

Der Onkel ruft nach meinem Bruder, er soll herkommen, er hat Geschenke für ihn. Aufgeregt kommt Ali aus dem Schlafzimmer. Für Ali hat der Onkel 'nen Ben-10-Rucksack mitgebracht, 'n Ninja-Turtles-Federmäppchen und 'ne Butterbrotdose mit *Lightning McQueen* drauf. Mein kleiner Bruder sieht enttäuscht aus, der verwöhnte Bengel. Dann ist er auch noch so dreist und fragt den Onkel:

»Hast du denn kein Elsa-Mäppchen?«

Der Onkel fragt ihn, wer Elsa ist, mein kleiner Bruder googelt und hält ihm das Smartphone hin. Der Onkel sperrt die Augen auf.

»Nein, nein, mein Sohn, Jungs brauchen harte Sachen, hier, nimm! So Action-Sachen. Das nächste Mal bring ich dir eine Spielzeug-Kalaschnikow mit. Eine russische AK-47, so echt, wie's nur geht. Und eine Spielzeug-Beretta. Komm nach Pakistan, da schießen wir mit echten Waffen, aber du musst erst stärker werden. Dein einer Cousin, ein schmächtiger, schwacher Kerl, hat sich die Schulter ausgekugelt. Zum Schießen braucht man Muskeln wie Maula Jatt!«

Und dann lacht er, dieser Möchtegern-Taliban-Terrorist, fehlt nur noch der Vollbart!

Ali nimmt die Sachen und verschwindet dorthin, wo er hergekommen ist, ins Elternschlafzimmer.

Ich hör Mama zum Onkel sagen, dass Papa diesen Sommer viel arbeiten wird und ich mich deshalb um ihn kümmer. Ich soll ihn mit in die Stadt nehmen und ihm das kleine große Oslo zeigen, Touri-Guide für ihn spielen. Eigentlich ganz cool, weil dann kann ich mich wegträumen, aus'm Block und aus'm Ghetto, Mann, weg von diesem Wahnsinn.

Ich helf Mama, den Tisch abzuräumen, der Onkel guckt leicht geschockt zu.

»Wenn ihr eine Tochter hättet, müsste Mahmoud nicht den Tisch abräumen. Der arme Junge!«

Mama guckt ihn überrascht an, während sie ihm sicher gern mit 'nem Schlappen direkt ins Gesicht schlagen würde. Aber sie hält sich zurück und lächelt nur schwach, um die Stimmung nicht zu versauen. Sie beißt sich wahrscheinlich fest auf die Zunge, um nicht auf ihren Schwager loszugehn. Ich glaub nicht, dass der Onkel dran gewöhnt ist, dass Männer im Haushalt helfen und so. Er hat auch keine Frau, hat's nie geschafft, eine zu finden. Vielleicht gar nicht mal so komisch, oder?

Papa sagt, dass er sich hinlegt, ich denk so: ›Super, dann hab ich meine Ruhe.‹ Vom Beinemassieren sagt er nichts mehr, und ich bin schlau genug, ihn nicht dran zu erinnern.

Der Onkel genießt das Essen und die Gastfreundschaft, er lässt's sich gut gehn. Er mag unsre Wohnung und die Aussicht vom Balkon. Ich wuschle meinem kleinen Bruder durchs Haar, er ist gekommen und hat sich zu uns gesetzt. Der Onkel schaut erst mich und dann meinen Bruder an.

»Wenn wir geskypt haben, hat Ali immer so romantische Lieder auf Urdu gesungen. Hast du immer noch so eine schöne Stimme?«

Er lächelt, und Alis Augen leuchten auf, als hätte einer der Judges bei *Norwegen sucht den Superstar* grad gesagt, er hat die Show gewonnen. Papa ist auf'm Weg ins Schlafzimmer, doch sein Blick bleibt an Ali hängen. Er sagt zu ihm:

»Aber Ali, immer nur so romantische Lieder, das ist doch langweilig. Sing lieber mal ein paar coole Rocksongs. Oder rapp ein bisschen!«

Ali antwortet nicht. Ich zwinker ihm zu, um ihn zu trösten, weil Papa ist's voll wichtig, dass man hart ist. Man muss ein richtiger Mann sein, mit so geradem Rücken wie 'n Mann. Wenn man hinfällt und sich wehtut, soll man wie 'n Mann aufstehn, ohne zu weinen. Echte Männer dürfen keine Gefühle zeigen. Was'n Scheiß, oder?

Aber Mama gegenüber hab ich Papa schon Gefühle zeigen sehn, wenn er glaubt, wir kriegen's nicht mit. Vor Mama wird er weich wie 'n Miezekätzchen, Mann. Er wird 'n echter Pussy-Man! Obwohl er uns Kindern jeden Tag predigt, dass wir hart sein solln wie ein Mann, leben solln wie ein Mann und sterben solln wie ein Mann. Manchmal denk ich, wir leben in 'nem Militärregime, Bruder. Knallharte Saddam-Diktatur, Digga.

Oft gibt's nicht viel zu erzählen, da kann man genauso gut den Fernseher anmachen und Kricket gucken. Wir Pakistanis lieben Kricket nämlich. 1992 haben wir die Weltmeisterschaft gewonnen, unser Mannschaftskapitän von damals ist heute unser Premierminister. Mein kleiner Bruder verschwindet singend in unserm Zimmer. Zwischen mir und dem Onkel macht sich 'ne peinliche Stille breit, also frag ich ihn, was er so arbeitet.

Er erzählt mir, dass er 'n Job in so 'ner Fabrik hat, die Lederwaren für den Westen herstellt, so Reitsportartikel und wohl so orthopädische Korsetts aus Leder für die Europäer. Ich check nicht ganz, was das sein soll, also zeigt er mir Bilder.

Ischwör, Digga, bei meiner Mutter und meinem Vater, er zeigt mir Bilder von Lederpeitschen und so Gimp-Suits, also so Ganzkörperanzügen, und dann noch von so Damen-Lederstiefeln. Er arbeitet echt in 'ner Fabrik, die Sexspielzeug und so Fetisch-Kram herstellt, Bro! Aber der Arme hat keine Ahnung, was das eigentlich ist, und ich weiß nicht, ob ich ihm die Wahrheit überhaupt sagen will. Alle, die mal auf Pornhub waren, wissen, dass weiße Menschen es lieben, gepeitscht und geschlagen zu werden, während sie es *ashko* treiben. Der Onkel zeigt mir Milliarden Bilder von so 'nem Lederzeug. Von 'ner Art Halsband mit Kugel, die man sich in die Fresse stopft. Von Peitschen und so. Ich versuch, den heftigsten Lachkrampf ever zu unterdrücken. Der Onkel sitzt da und erzählt, wie gut die Qualität vom Leder bei ihren Produkten ist. Bruder, Reitsportartikel sind das nicht!

Er geht zu seinem Koffer und holt 'ne Gießkanne aus echtem pakistanischen Edelstahl raus, so wie Dschinnis Wunderlampe bei Aladdin, nur größer. Die gibt er Mama. Die freut sich und drückt ihn in bester Schwägerinnen-Manier. Endlich hat sie die beste Gießkanne der Welt. Ein echter Lottogewinn, Mann! Den Arsch richtig zu waschen, ist wichtig, weißte, was ich mein? Du brauchst keine teuren Klamotten oder 'ne große Wohnung oder 'nen guten Job. Aber 'nen sauberen Hintern musste haben.

Die Norweger sollten sich auch die Ärsche waschen, so wie's viele Pakistanis und andre Muslime machen, die so 'ne Lota zu Hause haben. So 'ne Kanne halt. Das ist echt erfrischend fürs Arschloch, herrlich kalt. Einmal hat Mama 'ne Kanne im Baumarkt gekauft, aber das war die falsche. Halt mit so 'm Aufsatz mit vielen kleinen Löchern drin. Womit die Leute halt ihre Pflanzen gießen. Das Problem war, wir hatten Gäste, und weil die Kanne so tausend kleine Löcher hatte, ham die sich alle die Scheiße auf den Händen verteilt und mussten sich den Arsch in Etappen waschen. Anstatt sich die Scheiße nur vom Hintern zu waschen, mussten sie sich die Kacke danach erst von den Händen waschen und dann wieder den Arsch und dann wieder die Hände. Was mit 'ner gescheiten Lota fünfzehn Sekunden gedauert hätte, dauerte sechs, sieben Minuten. Da musste Papa dann 'n bisschen mit Mama streiten und rumdiskutieren. Obwohl er nicht gerne mit ihr streitet, er sagt nämlich: »Weil sie mir danach sieben Stunden lang damit in den Ohren liegt, dass sie die Schnauze voll hat und ich mich entschuldigen muss, sonst geht sie ins Frauenhaus.« Viele pakistanische Ehefrauen drohen dauernd mit dem Frauenhaus, gehn dann aber doch nicht hin, weil sie wissen, die Männer suchen sich dann einfach 'ne Neue, entweder eine aus Pakistan oder aus

Afghanistan, die haben helle Haut und sind megahübsch. Es gibt immer eine, die 'nen roten Reisepass will. Roter Reisepass gleich besseres Leben, weißte. Kein Wunder, dass Siv Jensen Albträume von uns hat.

Papa denkt so: »Verdammt, wer soll mir dann Chapati machen?« Also entschuldigt er sich immer innerhalb von wenigen Minuten. Er also: »Wir bestellen 'ne Lota aus Pakistan«, dann hat er den Onkel gebeten, eine zu besorgen, und jetzt hat die Kanne ihre *Final Destination* erreicht, wie's am Flughafen immer heißt. Die vom Baumarkt ist nicht für Hintern geeignet. Die aus Pakistan ist perfekt für pakistanische Hintern, der Ausguss reicht optimal ans Arschloch ran und es läuft exakt die richtige Menge Wasser raus. Außerdem bietet sie einem die pure Wellness, 'n kaltes und angenehmes Erlebnis, weil sie aus Stahl ist. Kein Wunder, dass die Norweger den Kopf über uns Ausländer schütteln. Stell dir vor, sie finden raus, wie wichtig so 'ne Gießkanne für viele von uns ist. Über so Gießkannen könnt ich echt 'ne Doktorarbeit schreiben, Bro. Über den Krümmungsgrad der Tülle und den Winkel, in dem das Wasser fließen muss. Der erste Pakistani, der über die magischen Fähigkeiten von Gießkannen promoviert, that's me, Bro.

Einmal, bei Papa auf der Arbeit, in der Taxizentrale, hat 'n muslimischer Kollege 'ne leere 1,75-Liter-Cola-light-Flasche mitgebracht. Um sich auf'm Klo auf der Arbeit den Hintern zu waschen. Papa sagt, jedes Mal, wenn der Typ die Flasche mit aufs Klo genommen hat, haben alle armen Norweger ihn so komisch angeguckt. Warum nimmt der immer so 'ne große Flasche mit aufs Klo?, haben sie sich gefragt. Was machte er denn auf'm Klo damit? Als Papa ihnen erklärt hat, dass er sich damit den Arsch wäscht, haben sie große Augen gemacht. Papa hat gesagt, dass sein Kollege Geir Diabetes hat, er hat früher immer nur Cola light getrunken, aber seitdem ist es ihm voll egal, er trinkt nur noch normale. Er bekommt die große Flasche einfach nicht aus'm Kopf! Die Flasche und das Logo, die auf'm Weg zum Klo sind.

Mama kommt und sagt, wir müssen ins Bett, der Onkel ist sicher müde von der langen Reise, außerdem soll ich ihn morgen mit in die Moschee nehmen. Da ist es gut, wenn wir ausgeruht sind. Wir diskutieren nicht groß rum, sondern machen uns fertig. Eigentlich war's 'n guter Tag. So richtig *hyggelig*, ich wette, den Norwegern hätte so 'n Tag gefallen. Reinste hygge, irgendwie.

Unsre Moschee ist 'ne ehemalige Lagerhalle, die sie zum Gebetsraum umfunktioniert haben. In letzter Zeit hab ich irgendwie Schiss, weil bei so gestörten weißen Jugendlichen weiß man halt nie, wenn die so vor ihren Computern hocken und glauben, dass wir Muslime und Ausländer ihr Land überrennen, und uns dafür voll hassen. Jetzt hab ich halt Schiss, dass diese Wichser die Moscheen stürmen, man weiß ja nie. Beim Freitagsgebet steht manchmal wenigstens Security vor der Tür. Dann fühlt man sich 'n bisschen sicherer. Man will schließlich kein kurzes Leben, wo man doch grade für'n langes betet, weißte, was ich mein, Bro?

Bevor wir in die Moschee gehn, zeigen mein kleiner Bruder und ich dem Onkel das Viertel. Er sieht hohe Wohnblocks, die nicht so aussehn, als ob sie bald einstürzen oder von Raketen beschossen werden, also nicht dass das in Pakistan so oft passiert, aber man weiß halt nie. Der Onkel lernt den Mini-Markt kennen, wir machen 'nen kurzen Ausflug rein und ich zeig ihm die Brotschneidemaschine, da hat er so 'n richtiges Wow-Erlebnis. Ischwör, Alter, er kommt sich vor wie im Himmel! Ich zeig ihm die Spielplätze im Viertel, die Mülleimer, zeig ihm, dass Restmüll zu Restmüll kommt, Plastik zu Plastik und so, weißt schon. Er ist voll geflasht, Mann, ich sag's dir. In Pakistan ist das mit dem Müll mehr Chaos als System, Digga, da liegt überall tonnenweise Plastik rum, ich weiß gar nicht, wie viele Wale wir vor Karachi mit unserm Plastik schon getötet und erstickt haben.

Der Onkel ist sehr beeindruckt, das merkt man voll. Auch wenn das hier nur Oslo-Ost ist, mit lauter Kanaken überall, man merkt, für ihn ist's das Paradies. Die Hochhaussiedlung als Himmel, kapierste? Alles ist eng, rein, fein, grade ist auch kein großer Krach zu hören, es riecht sogar sauber. In Pakistan dagegen, echt jetzt, da riecht's fast überall nach Gewürzen und Abgasen und staubigem Boden, außerdem ist's im Sommer heiß wie sonst was, dass all die Gerüche zu so 'nem Luftklumpen werden, der dir direkt in die Nase knallt. Glaub mir, Alter, in Pakistan biste die ganze Zeit auf der Suche nach Schatten, versuchst dich vor der Sonne zu verstecken.

Für den Onkel ist's 'ne neue Welt, so viele Grünflächen, so viele Bäume, die überall rumstehn, der Ort in Pakistan, aus dem wir kommen, ist eben furztrocken. Oder man wohnt in den Bergen, da ist's grün und hübsch. Wie in der Schweiz, Bro!

Ich glaub, der Onkel sieht zum ersten Mal im Leben

Afrikaner. Er starrt sie an, ich versuch ihn mit Small Talk abzulenken, damit er keinen Beef mit diesen riesigen Muskelmännern kriegt. Zumindest die aus Nigeria sind voll muskulös, die werden schon mit so 'm krassen Trizeps und Eightpack geboren, oder?

»Mahmoud, mein Sohn, sind die echt soo dunkel? Die sind ja ... das ist ja unglaublich. Die würd ich gern mal anfassen und ihre Haare anschauen!«

Aaaallter, leck mich! Wo bitte hat der die letzten Jahre gelebt? Hat der noch nie Typen in verschiedenen Hautfarben gesehn, oder was? Jetzt sieht er Tamilen, sieht Iraner, sieht Leute aus der ganzen Welt, die hier in den Hochhäusern wohnen. Ich erzähl ihm, dass es gut klappt, die meisten kommen klar miteinander, aber in Norwegen muss man arbeiten, wer nicht arbeitet, wird weder respektiert noch akzeptiert.

Der Onkel sieht sich neugierig um. Er findet's komisch, dass Väter Kinderwagen vor sich herschieben. Ich erzähl ihm von den Vätermonaten, da macht er große Augen.

»In Norwegen kriegt man Geld, wenn man Vater wird? Man kriegt frei, weil man eine Frau geschwängert hat?«

Ich sag zu ihm: »Ja, Onkel Ji, so ist das hier. Hier sieht man Menschen als Menschen, nicht als Tiere. Man sorgt für die Leute, Onkel Ji!«

Und dann erzähl ich ihm von der Elternzeit, dass die Mütter sogar zehn Monate freikriegen, da wird er fast ohnmächtig, aber ich halt ihn gut fest, damit er nicht umkippt.

Ich rat ihm stark dazu, seine Lungen mit echtem norwegischen Sauerstoff zu füllen, um das pakistanische CO_2 loszuwerden. Er muss tief durch die Nase ein- und durch den Mund ausatmen. Der Onkel findet's schwierig, zuerst die

Nase zu benutzen, aber nach 'ner Weile hat er's raus und sieht aus, als ob er ganz tief drin meditiert. Wie 'n pakistanischer Yogalehrer.

Ali läuft hinter uns her und singt seine Lieder. Der Onkel fragt mich, ob Ali immer mit so heller Stimme singt, ich antworte, ja, das macht er, und ich seh da kein Problem. Kinder sind Kinder, lass sie singen. Sie wissen noch nicht, was sie mal erwartet, wenn sie älter werden. Eines Tages wird auch Ali Brot und Milch holen müssen, da bin ich mir sicher, das steht in seinem Schicksalsbuch geschrieben, Bro! Er ahnt bloß noch nichts davon. Ich lache hämisch in mich rein, Alter. Und denk so: »Wart nur, bis ich an der Uni bin, mein lieber kleiner Bruder, da wirst du Jahr für Jahr nach Graubrot und Milch suchen, ich hoff nur, der Aufzug ist dann auch kaputt! Dann kriegst DU den Knackarsch!«

Wir kommen jetzt zu unsrer Moschee, sie ist klein, aber erfüllt ihren Zweck. Man kann hier beten, wofür man beten will. Einmal, als ich noch kleiner war, ehrlich, Alter, ich hab mehrere Tage am Stück gebetet, dass ich 'ne PlayStation 3 beim Gewinnspiel in der *Micky Maus* krieg, hab gebetet und gebetet. Anderthalb Wochen später hab ich noch mal 'nen Blick ins Heft geworfen, um Gott dran zu erinnern: »Bitte, bitte, vergiss mich nicht!« Das verfickte, hinterhältige *Micky Maus*-Heft war vier Jahre alt, verdammt, ich schwör, ich hab's zusammengerollt, bis es hart wie 'ne Eisenstange war, und hab mir selber mehrere Male auf die Brust gehauen, so wie sich die Schiiten an so Feiertagen selber geißeln. Bruder, du kannst dir nicht vorstellen, wie abgefuckt und depri ich war, ich hab mich vorm Gebet gewaschen, saubere pakistanische Klamotten angezogen, die Gebetskette in den Händen gehalten, die Gebetsmütze bombenfest auf'm Kopf, alles war perfekt, ich hab gebetet und gebetet, hab gedacht, jetzt gewinn ich die PlayStation 3 mit zwei Spielen aber echt, das ist ja wohl der absolute Traum, endlich mal 'n Kanakenkind, das was in der *Micky Maus* vor norwegischen Norwegerkindern gewinnt. Aber nein, so ist das Leben, ich hab nix gewonnen.

Vor der Moschee sieht mein Bruder bedrückt aus. Ich schau ihn lange an, versuch rauszufinden, was los ist, weil so hab ich ihn noch nie gesehn. Onkel Ji grüßt alle, denen er begegnet, außerdem sagt er: »Verzeihung.« Mehr kann er noch nicht auf Norwegisch, aber das reicht auch. Er soll ja gar kein integrierter Norweger werden, vergiss nicht, Bruder, die Rechten sind echt hinterher, dass er nach zwei Monaten seinen Arsch wieder dahin bewegt, wo er hergekommen ist. Wenn er zu lange hierbleibt und sich integriert, fängt er garantiert auch an, übers Wetter zu reden. Echt mal, Alter, die Norweger kriegen jeden Tag 'nen Schock wegen dem Wetter, das ist fast wie bei den Hindus, bloß werden die Norweger jeden Tag wiedergeboren: übers Wetter reden, sterben, am nächsten Tag neu geboren werden, genauso überrascht werden vom Wetter, wieder übers Wetter reden, als ging's um Leben und Tod, Bro. Der Winter und der Schnee kommen jedes Jahr wieder megaüberraschend. Papa sagt, die Norweger reden im Taxi ständig übers Wetter, aber er hat's satt, drüber zu sprechen. Pakistanis reden über die Politik in Pakistan oder darüber, dass die Flugtickets teurer geworden sind, Norweger reden übers Wetter. Also ich will 'nen Onkel, der weder übers Wetter redet, Mann, noch über die Politik in der Heimat.

Ali steht also vor der Moschee und sieht bedrückt aus, ich frag ihn, was los ist. Ohne Scheiß, er zittert sogar. Was ist los, hat er etwa Angst vor der Moschee? Hat irgend so 'n Dschinn sich 'n Reihenhaus in ihm gebaut, und hat er deshalb Angst, einen heiligen Raum zu betreten?

»Bhai«, sagt Ali. »Liebt Gott alle Menschen?«

»Ja klar, Mann, Bruder!«, antworte ich, um ihn zu beruhigen, dass Gott da oben im Himmel alle gleich lieb hat. Jedenfalls muss er die Weißen in Westeuropa lieben, denen hat er ja 'nen Haufen Geld gegeben, tja, und die Araber in Dubai, denk ich, die liebt er auch sehr. Alle, die Geld haben wie Heu, muss er sehr lieb haben, vielleicht mehr als die andern.

»Mich auch, Bhai?«

Warum stellt Ali so irre Fragen, er ist erst zehn und sollte nicht über so krasses Zeug nachdenken, Mann. Erwartet er jetzt 'ne Religion-und-Ethik-Stunde von mir, oder was? Die Schule ist aus, es sind Sommerferien, Digga.

»Ja, klar liebt er dich genauso«, sag ich. »Warum fragst du? Haste wen abgemurkst? Nein! 'Ne Bank ausgeraubt? Auch nicht! Warum sollte Gott dich also nicht lieb haben?«

Ich grins ihn an und hoff, dass er meinen Humor checkt.

»Bhai, Bhai, ich …«

»Was denn, Chotu? Lass raus, Bruder. Chill mal. Was'n los? Haste dich in der Schule gekloppt?«

Mein kleiner Bruder grübelt zu viel, so philosophisch. Wieso ist er so verdammt ernst? Normalerweise beschäftigt er sich allein und nervt niemanden. Lebt so in seiner eigenen kleinen Blase. Ab und zu beobachte ich, wie er ganz still wird und in seinem Zimmer verschwindet, oder in sich selber. Dann kommt er nicht mehr raus, bis Mama zum Mittagessen ruft oder ihm mit dem Schlappen droht oder ihn auffordert, sich die Zähne zu putzen, damit sie kommen und ihm einen Gutenachtkuss geben kann.

Ich nehm Ali an die Hand, und Onkel Ji fragt, was los ist.

»Alles okay«, sag ich. »Ali hat nur 'n bisschen Angst, weil er noch klein ist.«

Der Onkel lächelt ihm zu.

»Komm, zeig schon, dass du ein harter Bursche bist. Echte Kerle haben keine Angst.«

Wir betreten die Moschee, waschen uns. Beim Beten späh ich zu meinem kleinen Bruder rüber, erst denk ich, er schnieft, aber dann merk ich, dass er schon was lockerer geworden ist. Er soll sich echt nicht so 'n Stress machen, er ist doch noch klein, Mann. Außerdem denk ich halt so: Religion sollte keine Qual sein, sondern wie so 'n Spa, sich entspannen, abschalten, ganz in Ruhe beten, Gott wird dich schon erhören, und man schiebt keine Paranoia, sondern chillt ganz entspannt, Gott weiß am besten, was gut für einen ist, er hilft und unterstützt. Weißte, was ich mein, Bro? Wenn man irgend'ne Scheiße baut, die noch im Rahmen bleibt, sieht er das und verzeiht einem. Ist das nicht das Wichtigste in allen großen Religionen? Vergebung? Was kann 'n Zehnjähriger schon Krasses angestellt haben?

Als wir fertig sind, beeilen wir uns, an die warme norwegische Luft zu kommen und nach Hause, weil mein kleiner Bruder hat 'ne Verabredung mit Mullah Omar auf Skype. Da liest er dem Mullah auf Urdu und Arabisch vor, und der gibt ihm Tipps zur richtigen Aussprache und sagt ihm, ob er gut liest. Dafür schicken wir dem Mullah Geld mit Western Union, 200 Kronen im Monat. Der Mullah macht fett Kohle damit, Alter. Als ich jünger war, musst ich jeden Tag nach der Schule zwei Stunden zum Urdu- oder zum Koranunterricht. Der Imam hat uns immer mit so ’nem langen Holzstock auf den Arm geschlagen, Alter, das weiß ich noch genau. Da war nicht viel mit Jugendamt in Oslo, oder wenn doch, dann haben die gepennt. Der Imam ließ uns immer den Hahn machen. Dabei legst du die Hände auf die Innenseiten der Oberschenkel, beugst dich vor und dann greifst du zwischen Schenkeln und Arsch nach deinen Ohren. So bleibst du stehn, bis der Imam sagt, dass dir vergeben ist.

Norwegische Norweger machen Yoga oder so Pilates und bezahlen dafür mit teurem Cash, dabei muss man nur zum Imam gehn und ’n bisschen Scheiß machen, dann gibt er einem so viel Yoga, wie man will, plus Pilates, Bruder, kostenlos! Er bringt dir alle Yogastellungen bei, Hahn, Huhn, Maus, Katze, Hund, Kuh, Sonnengruß, Mondgruß, Marsgruß, alle. Was du willst, Mann! Werd einfach Muslim und komm vorbei, der Imam wartet auf dich. Wir Ausländer haben billige Lösungen für alles Teure. Da wird dein Körper so biegsam, dass du Akrobat im Zirkus werden kannst, Digga.

Wir nähern uns den Hochhäusern, ich seh Arif, der uns mit seinem einen Auge entgegenblinzelt. Ich geb ihm so Bro-Hug, wie wir das immer machen, stell ihn dem Onkel vor, der Onkel sagt »Hallo«, Arif sagt auch »Hallo«. Nachdem die beiden Hallo zueinander gesagt haben, schick ich den Onkel und meinen kleinen Bruder hoch und sag Ali, dass er dem Onkel Kricket anmachen soll.

»Stell ihm 'n paar Nüsse und Sprite hin. Und dann startest du Skype und beeindruckst diesen Imam. Und dann kriegste 'n paar heiße Jungfrauen, wenn du stirbst, und kommst in den Himmel, kleiner Bruder.«

Ich zwinker ihm zu, glaub nicht, dass er meinen Humor checkt. Der Onkel und er verschwinden durch die Eingangstür ins Haus.

Dann häng ich mit Arif ab. Wir haben wie immer nicht viel zu sagen, aber nachdem wir mehr als 'ne halbe Stunde so rumgestanden haben, bricht er plötzlich das Schweigen. Endlich, denk ich, sagt er was Kluges und wir haben was zu reden, aber der Trottel nur so: »Brudi?«

Ich so: »Was los, Brudi?«

»Hör zu, Mann ... also.«

»Was denn, Brudi? Sag schon.«

»Brudi?«

»Ja, Mann, Brudi, spuck schon aus, du verdammter Idiot!«

»Ich hab lange drüber nachgedacht, Mann ... hast du ... also sag ehrlich ... hast du ... hast du schon mal Papageienfleisch gegessen?«

Meine Fresse, Alter! So was von irre! Ich schwör bei meiner Mutter und meinem Vater, Digga, ich zieh mir 'nen Schlappen vom Fuß und hau ihm hart auf seinen schwarzen Arsch! Die dreißig Minuten Lebenszeit, die ich hier mit ihm vor dem Block gestanden und vergeudet hab, never ever krieg ich die zurück, Alter, ich fühl mich wie der größte Loser, mit so 'nem Knallkopf rumzuhängen.

Ich klopf Arif auf den Rücken, frag, ob sein Arsch noch wehtut, und dann geh ich die Treppen hoch zu unsrer Wohnung.

Als ich reinkomm, seh ich, dass Mama mit ’ner Tante aus Pakistan whatsappt, sie erzählt ihr, was sie für ihren Schwager gekocht hat, und schickt Fotos vom Essen. Ich seh den Onkel auf’m Sofa sitzen, er guckt Kricket und isst Erdnüsse. Ich geh in unser Zimmer.

Ali liegt auf’m Bett und starrt an die Decke, ich frag ihn geraderaus, warum er mich gefragt hat, ob Gott ihn liebt. Erst antwortet er nicht richtig, und dann erzähl ich ihm ’n bisschen was, halte ’ne Große-Bruder-Rede darüber, dass Gott alle liebt, jedenfalls so unschuldige kleine Kinder wie Ali, die keinem was getan haben.

»Haste was ausgefressen? Womöglich ’nen Regenwurm oder ’n Marienkäfer zermatscht, hm?«

Ich wuschle Ali durchs Haar, er grinst sein breitestes Grinsen, dann lacht er. Gut, dass er lacht.

»Nein, es ist nur ... Bhai ... Ach, vergiss es.«

»Du Wannabe-Philosoph. Du bist noch im Spielalter, grübel nicht so viel, zu tiefe Gedanken sind nicht gut für dich, Kumpel. Hörst du? Außerdem weißt du, dass ich dich lieb. Du kannst immer mit mir reden, aber nicht über so ’n Kleinkram. Wird schon wieder. Denk nicht so viel nach, das ist nicht gesund für dein kleines Gehirn. Chill, Bill.«

Er nickt, ich seh ’n kleines Lächeln. Alter, ums Philosophieren kümmern wir uns später, der Junge ist quasi noch ’n Baby, ich weiß noch, wie ich selber mit zehn war, Mann, ich hatte keine Ahnung von nichts. Ich bin jedenfalls nicht durch die Gegend spaziert und hab gegrübelt, ob Gott mich lieb hat. Liebt Gott nicht alle, so oder so? Schon allein, weil Ali aus’m Osloer Osten kommt und Paki ist, muss er ihn doch schon lieben.

Und auch wenn wir von Natur aus schwarze Haare haben, sind wir noch lange keine Emos. Diese Freaks sind depri, weil sie's cool finden, depri zu sein! Nee, man muss schon 'nen Grund haben, um depri zu sein. Wart nur ab, kleiner Bruder, bis du in der Zehnten ordentlich Liebeskummer kriegst. Dann können wir über Depressionen reden, wenn nichts als Nebel in dir drin ist, obwohl die Sonne vorm Fenster scheint. Das ist heavy, Alter. Glaub's mir, Bruder!

Ich schau zu Ali rüber, er ist auf dem Weg ins Traumland, ich merk, wie auch ich müde werd und bald einschlaf, also schlafen wir alle beide. Fertig, Mann!

Am nächsten Morgen seh ich meinen kleinen Bruder und Mama am Esstisch, sie lachen und albern rum. Mein Bruder ist ziemlich viel mit Mama zusammen, so ’n richtiges Muttersöhnchen. Mama sagt, dass ich in den nächsten Tagen den Stadtführer für Onkel Ji machen soll. Ali fragt, ob er mitkommen kann, aber ich sag, ein andres Mal, ich hab echt keinen Bock, die ganze Zeit so ’n Blag mitzuschleppen. Er kann manchmal mega nerven, auch wenn er meistens eher ruhig ist. Aber er ist so superneugierig und fragt halt viel. Glaubste kaum! Er fragt die blödsten Sachen, so was wie: »Warum gibt es Tunnel?« Ich bin doch selber nur ’n Jugendlicher und hab nicht auf alles ’ne Antwort. Ich bin doch noch kein Lehrer, Mann!

Der Onkel hat schon ’nen kreideweißen Salwar Kamiz rausgekramt, er will wohl auch in Norwegen in pakistanischer Kleidung rumlaufen. Das Teil ist aus feinster Baumwolle, für die die weißen Briten bis nach Indien gesegelt sind und die Menschen dort gekillt haben. Der Onkel sagt, pakistanische Klamotten sind leicht und luftig, er sagt, die sind gut für die Eier, die werden darin durchlüftet. Onkel Ji will so viel norwegische Luft wie möglich an seinen Eiern, bevor er nach zwei Monaten Touristenvisum wieder abziehn muss. Und Siv Jensen kann den Onkel nicht davon abhalten, die reeeiiinste norwegische Luft an seine Eier zu lassen. Es ist ja echt nicht so, dass sie seine Eier überwachen können, dass Siv Jensen zwei behaarte, schrumpelige Eier auf ihrem Smartphone sieht, die in pakistanischen Hosen vor sich hin baumeln, verstehste, Bruder? Klar, Schafe bekommen einen Chip und werden überwacht, aber bei Ausländern, die für zwei Monate als Touristen hier sind, machen sie das nicht – obwohl, bei den Rechten weiß man nie. Wahrscheinlich fangen sie bald auch damit an.

Der Onkel zieht 'ne schwarze Baumwollweste über sein weißes Outfit. Er könnte auch in der Regierung des früheren pakistanischen Premierministers arbeiten, der zusammen mit seiner Tochter wegen Korruption verhaftet wurde. Sie hatten mehrere Luxuswohnungen in London, und statt Schulen und Krankenhäuser für die Armen zu bauen, sind sie shoppen gegangen. Der Onkel rasiert sich um den Schnauzer rum, er sieht aus wie jemand aus Trøndelag, der keine Wurzeln dort hat, ich erzähl ihm, dass ich in der Zeitung gelesen hab, dass es oben in Trondheim im Sommer so 'nen Contest gibt, wer den stylishsten Bart hat. Er hätte garantiert gewonnen. Der Onkel freut sich.

»Nimm mich mit nach Trondheim, du, dann zeig ich denen, was ein richtiger Bart ist.«

Nachdem der Onkel die Bartenden gezwirbelt hat wie 'n pakistanischer Gutsherr, so 'n echter Chaudhuri, kaufen wir uns 'ne Wochenkarte und fahren mit der U-Bahn bis zum Nationaltheater. Der Onkel kriegt voll krass Panik, als es in den Tunnel geht. Er hält jedes Mal den Atem an, wenn die U-Bahn durch 'nen langen Tunnel fährt, Alter, 'nen Freizeitpark würd er nicht packen. U-Bahn fahren reicht ihm schon, massig Geld gespart, Bruder!

Das Wetter ist schön, also kaufen wir am Kiosk ein Krone-Is. Ich muss dran denken, wie Papa mal sauer war, dass das Eis mehr als 'ne Krone kostet, da hat er sich übers Ohr gehauen gefühlt. Papa stand so im Kiosk und meinte zum Mann hinter der Theke: »Ich bin nicht nach Norwegen gekommen, um 25 Kronen für ein Eis zu bezahlen, das eigentlich eine Krone kosten sollte!« Wir haben dann so 'n Billigeis aus'm Supermarkt gekriegt, das hat nur nach Wasser mit 'm bisschen Erdbeere geschmeckt. Aber wir ham die Klappe gehalten, das Eis gegessen, waren dankbar.

Während wir uns das Eis aus echter norwegischer Sahne schmecken lassen, zeig ich dem Onkel Aker Brygge und die Festung Akershus, erzähl ihm, dass den Verrätern, die sich während des Zweiten Weltkriegs gegen Norwegen gestellt und ihr Land im Stich gelassen haben, im Hof der Festung in den Kopf geschossen wurde. Ich erzähl ihm auch, dass es dort spukt, dass jede Menge Dschinns in der Festung wohnen, die nachts rauskommen. Er hält sich die Ohren zu und bittet Gott um Vergebung. Irgendwie seh ich nicht, dass wir mal abends herkommen. Ich will ja nicht, dass ihm seine Eier aus der Hose auf den Boden plumpsen, Bruder, nachdem die extra so viel gute norwegische Luft abgekriegt haben.

Der Onkel guckt sich das Rathaus und den Rathausplatz an, ich erzähl ihm, dass hier im August immer das Mela-Festival stattfindet, berühmte pakistanische und indische Künstler sind da schon gratis aufgetreten. Und die Norweger kriegen geiles Essen aus der ganzen Welt. Ich erzähl ihm, dass im Rathaus 'ne Feier für die Pakistanis stattfinden soll, vor fünfzig Jahren sind wir nämlich zum ersten Mal hergekommen. Der Onkel hört aufmerksam zu. Ich sag, dass Norwegen nach dem Zweiten Weltkrieg nicht so 'n Bonzenland war wie heute, die brauchten ausländische Arbeitskräfte und so kamen viele Pakistanis. Der Onkel findet auch, Pakistanis können anpacken und dass sie irgendwie das Land mit aufgebaut haben. Wenn wir nicht wären, wer würde dann besoffene Norweger, die die Rücksitze der Taxis vollkotzen, nach Hause kutschieren? Wer würde versiffte Bier- und Weingläser spülen, wer würde die Norweger mit'm Nachtbus nach Hause fahren, wenn sie das Gleichgewicht verloren haben und ab und zu auch ihr Handy?

Ich zeig dem Onkel das Parlament und erzähl, der, der die Löwenfiguren davor gemacht hat, war ein Mörder. Und dass das Parlament wie ein Mann mit fettem Bauch aussieht, der alle umarmen will und sagt: »Kommt alle her, ich passe auf euch auf.« Und nicht: »Kommt alle her, ich fresse euer Geld!«, so wie pakistanische Politiker. Unsre Lehrerin, Anne Kathrine, hat in der Neunten mal so 'ne Führung mit uns gemacht, fand ich voll spannend. Wir waren im Parlament drin und man konnte die U-Bahn untendrunter fahren hören. Alter, hat das gewackelt! Wir ausländischen Schüler alle nur so »Whoaaaaa« im Chor. So 'ne ernste Tante, so 'ne Politikerin, hat uns voll komisch angeglotzt. Sie hat mit'm Kopf geschüttelt, vielleicht war sie von so 'ner gechillten Partei, den Sozialdemokraten! Aber nachdem sie uns gesehn hat, achtzig Schüler und alle im Chor so »Whoaaaaa«, als das Parlament bebte, hat sie vielleicht doch die Partei gewechselt und ist zu den Rechten! Aber was sollten wir tun, Bruder, wir hatten halt Schiss, Bro.

Was meinen Onkel am meisten schockt, sind die Frauen in engen Yogahosen und Leggins überall. Er kratzt sich ständig an den Eiern. Erst hab ich gedacht, dass er 'n Eierekzem hat, dass die ganze norwegische Luft ihm nicht gutgetan hat, er kratzt sich und kratzt sich, die Frauen machen ihn einfach wahnsinnig, weißte, was ich mein? Er ist megafrustriert, denk dran, Alter, er ist unverheiratet! Für ihn ist das hier voll neu, die Frauen in Pakistan ziehen sich nicht so an. Er ist vollkommen verwirrt, Mann! Ich so zu ihm: »Onkel, chill mal, die Leggins halten bloß deren Arschbacken zusammen, sobald sie die Leggins ausziehn, plumpsen die Arschbacken runter wie Mehlsäcke.«

Ich klär ihn mal auf: Norwegische Frauen sind voll die Sportfreaks. Sie achten auf sich, haben 'ne Megakondition. Man könnt fast meinen, sie hätten so 'nen Porsche-Filter in der Lunge. Als ich ihm erzähl, dass sie sogar mit Baby im Bauch trainieren, ist er völlig fertig. Norwegische Frauen lieben es, fit zu bleiben. Nicht immer so fettiges Essen, dick werden wie 'n Hefekloß, den Bauch voll mit Samosas und Reis und so. Im Gesicht des Onkels ist zu sehn, dass er was Neues gelernt hat. Er wischt sich den Schweiß aus der Stirn, die norwegischen Frauenärsche sind noch lange nicht aus seinem Kopf verschwunden. Er murmelt: »Mahmoud, zwei Monate sind viel zu kurz! Viel, viel zu kurz!«

Wir gehn zur Osloer Oper und erkennen einfach mal nichts, weil die Sonne blendet wie Sau und alle rumlaufen und die Augen zusammenkneifen. Ich sag nur, Sonnenbrillen,

Brudi. Die Lehrerin hat uns damals erzählt, dass die Oper aus echtem weißen italienischen Marmor ist, und wenn die Sonne draufscheint, wird man so übelst geblendet, dass man fast blind wird. Das sag ich dem Onkel, und der sagt, dass ich voll bewandert bin. Manchmal fühl ich mich wie ’n Lexikon, Digga. Google auf zwei Beinen. Wär ich Araber, ich würd mich sofort Gohgall nennen. Aber ich denk halt so, wenn ich Lehrer werden will, muss ich eben bewandert sein. Ich muss ja wissen, wovon ich red, muss neugierig sein. Nicht nur auf Social Media abhängen, Milliarden Likes kassieren und so, man kann im Internet auch was lernen, Mann!

Danach zeig ich dem Onkel das Munch-Museum von außen. Ich denk halt so: »Wozu solln zwei Pakis reingehn und sich Munchs Bilder ansehn?« Ich zeig ihm den *Schrei* auf Google, in hoher Auflösung, Bruder, direkt vorm Museum! Geld gespart! Verstehste? Die Madonna zeig ich ihm nicht, da wär er wahnsinnig geworden.

Ich bring Onkel Ji zum Sofienbergpark. Ich hab vorher bisschen was gelesen und fang grade an zu erzählen, dass im Park früher Menschen begraben wurden, dass tote Menschen unter uns liegen, Mann, als er plötzlich ’nen Haufen Frauen entdeckt, die ihre Möpse in die Sonne recken. Sich so sonnen oben ohne halt. Er dreht völlig durch, Bro. Starrt auf die hochstehenden Nippel, die schönen, festen Titten, Alter! Er ist völlig fertig, dagegen sind die Ärsche in Yogahosen nichts!

»Finden die Toten da unten überhaupt Frieden, wenn die da über ihnen sind?«

Ich erklär ihm, dass das mit den Titten in Norwegen ganz normal ist. Wenn es den norwegischen Frauen zu heiß wird, ziehn sie sich einfach aus, sie wolln nämlich so braun werden wie wir, und da müssen sie alles ausziehen, sonst kriegen sie so komische Streifen. Sie wolln ja nicht wie Zebras aussehn, mit ’n paar weißen Stellen zwischen lauter braunen oder roten. Der Onkel hört mir gar nicht zu. Er packt sich wieder und wieder an die Eier, echt, Alter. Ich so zu ihm: »Onkel, komm mal runter, sonst sehn die dich noch.« Er so: »Kann ich nicht länger bleiben als zwei Monate?« Ich zeig ihm ein Bild von Siv Jensen.

»Das ist quasi die Mutter von Norwegen, wenn die rausfindet, dass du länger hierbleibst als erlaubt, hetzt sie die Polizei auf dich, die treten dir in den Arsch und stecken dich ins erste Flugzeug nach Islamabad. Norwegen ist so ’n Mini-Abklatsch von Dänemark, sie sind jetzt strenger mit der Einwanderung, das geht nicht mehr so wie früher.«

Der Onkel ist megaenttäuscht, ich kauf ihm ein Softeis, damit er was runterkommt. Er schwitzt und fasst sich dauernd an den Kragen. Ich kann den armen Mann verstehn. Man kriegt voll ’n Kulturschock, wenn man so was noch nie gesehn hat. Nach der Abkühlung versucht er’s noch mal.

»Aber kann ich nicht sagen, dass ich ein Flüchtling bin?«

»Nein«, sag ich.

»Kann ich nicht sagen, dass ich in Pakistan verfolgt werde und sie mich ins Gefängnis werfen, wenn ich zurückgehe?«

Ich antworte mit Nein.

»Was soll ich denn dann sagen?«

»Gar nichts. Sie haben die Schnauze voll von uns, nehmen niemanden mehr auf, sie haben gemerkt, dass es nicht so gut läuft.«

»Aber ich habe niemandem etwas getan, sie müssen mich doch länger bleiben lassen als zwei Monate. Ich könnte eine

Lederfabrik eröffnen und Reitsportartikel für die Norweger herstellen.«

Ich tröste ihn.

»Ganz ruhig, Onkel, wenn erst der Herbst und der Winter kommen, verschwinden die Frauen in dicken Jacken, dann siehst du eh nichts mehr. Fahr nur zurück. Du hast ja keine Ahnung, wie kalt es hier wird. Da frieren dir die Eier ab.«

»Wirklich?«, fragt der Onkel.

»Absolut«, sag ich. »Es ist die ganze Zeit dunkel, alle werden depri, monatelang kriegen wir kein Licht zu sehn. Wenn's hell ist, sind wir in der Schule, die Erwachsenen bei der Arbeit. Auf dem Weg zur Schule ist's dunkel, auf dem Weg nach Hause ist's dunkel. Also bleib in Pakistan und chill, komm im Sommer wieder, dann kannst du wieder Möpse sehn.«

»Kann ich wiederkommen, zwei Monate? Im Sommer? Versprochen?«

Ich leg ihm die Hand auf die Schulter, atme ein und aus.

»Versprochen«, sag ich. »Aber das nächste Mal kommst du erst mal von November bis Januar!«

Am liebsten würd er mir jetzt eine mit dem Schlappen überziehn, aber da entdeckt er 'ne Frau, die grade in den Park gekommen ist und dabei ist, sich auszuziehn. Ihre Möpse retten mich, denn innerhalb von Sekunden ist sie obenrum nackt.

Ich sag zum Onkel, norwegische Frauen müssen mehr Kinder kriegen. Sonst wird dieses Land voll sein mit Abdis und Mohammeds und Alis und so. Sogar Erna hat gesagt, die Norwegerinnen müssen Kinder kriegen, ich zeig ihm bei Google ein Bild von Erna. In Pakistan hatten wir auch mal ’ne Premierministerin, die erste der Welt sogar, wenn ich mich nicht irre. Benazir Bhutto, aber sie hat 2007 ’ne Kugel in’n Kopf bekommen. Da wollte sie ’ne Rede zum Volk halten, Mann. Nett war sie, aber korrupt. Also, ich seh jetzt nicht, dass Erna Geld auf Schweizer Konten schiebt, aber dass sie sich jede Menge Frikadellen reinschiebt, das kann ich sehn. Siv Jensen schiebt sich ’n paar Ölmilliarden aufs Konto, da verwett ich meinen Arsch drauf. Sie sieht wie ’n kleiner Gauner aus, den Rechten steckt das im Blut, Mann! Erna ist mehr so ’ne Mutti, so Gro Harlem Brundtland light halt. Papa steht voll auf Gro Harlem Brundtland, er hat ’n Bild, das ihn mit ihr zusammen zeigt, irgendwann in den Neunzigern. Da war sie in der Taxizentrale zu Besuch, hat rote Rosen verteilt und die Arbeit der Fahrer gewürdigt.

»Kein Wunder, dass die Männer hier es nicht schaffen, Kinder zu zeugen, sie haben viel zu enge Hosen an«, sagt der Onkel. »Die Eier brauchen Luft! Dann hat eure Ministerpräsidentin auch nichts mehr zu meckern.«

Der Onkel sieht Leute mit Piercings, Leute auf Elektrorollern, die sie einfach irgendwo abstellen und die noch nicht mal geklaut werden. Ich sag ihm, die Leute hier vertrauen einander, es wird echt wenig geklaut. Ich zeig ihm Kindergärten, vor denen lauter Buggys abgestellt sind.

»Siehst du? Die klaut keiner, obwohl die Buggys fucking teuer sind und die Kindergärten zuhaben.«

Ich nehm ihn in ’ne Bibliothek mit, wo man die Tür mit seinem Bibliotheksausweis selber aufmachen kann.

»Keiner nervt irgendwen, keiner klaut irgendwas. Überall gibt’s Kameras. Hier in Norwegen vertrauen wir auf das System, und das System vertraut auf uns, hart arbeiten, Steuern zahlen. Das war's auch schon. So was nennt man Vertrauen, Brudi.«

Der Onkel ist so beeindruckt, glaub mir, er hat Tränen in den Augen und dann versucht er's noch einmal.

»Aber ich kann doch sagen, dass ich Kriegsgeschädigter bin, dass ich verfolgt werde, dass ich gehängt werde, wenn ich zurückgehe?«

»Onkel, du kommst aus Pakistan, da herrschen nicht grade Unruhen, nur Armut. Terrorismus, ja, Hunger und Not, ja. Aber jetzt nicht voll der Bürgerkrieg oder so, selbst wenn Sunniten und Schiiten sich ab und zu abschlachten und Christen und Hindus verletzt oder getötet werden, oder so Anhänger der Ahmadiyya, aber sonst versinkt Pakistan nicht komplett im Chaos. Nur 'n paar Mal im Jahr passiert was, auf Märkten oder so. Oder in der Moschee beim Beten. Aber sonst ist Pakistan nicht grade ein Flüchtlingsland.«

Er denkt ausgiebig und lange über sein Leben nach.

»Und wenn ich sage, dass ich zum Christentum übergetreten bin? Dass ich an Jesus glaube und die Muslime mich töten werden? Vielleicht bekomme ich dann eine Aufenthaltserlaubnis? Vielleicht haben sie dann Mitleid mit mir?«

Ich denk so, vielleicht kann der Onkel zu so 'ner Kirche und Kirchenasyl kriegen, aber dann denk ich wieder, so lange hält's der Dummkopf nicht aus. Ich sag, wie's halt ist.

»Onkel, wir Muslime glauben doch auch an Jesus. Versuch's gar nicht erst. Du musst halt einsehn, dass du zurückmusst, lieber, lieber Onkel Ji. Ich weiß, dir gefällt Norwegen, aber du gefällst Norwegen nicht. Sie haben die Schnauze dermaßen voll von uns, dass sie uns eines Tages vielleicht rausschmeißen und selbst ich nach Pakistan ziehn muss, mit 'nem Für-immer-Visum. Sie sind strenger geworden. Kein einziger Extra-Ausländer mehr für Norwegen. Sie können es sich nicht leisten.«

Der Onkel guckt mich enttäuscht an, den Tränen nahe fragt er, schreit er, laut:

»Nicht leisten?!? Die können sich das nicht leisten?«

Um das Thema zu wechseln und damit er nicht echt noch anfängt zu heulen, erzähl ich ihm von den Mautstellen in der Stadt und wie viel es kostet, da durchzufahren. Ich zeig ihm die vielen Elektroautos, er kann kaum glauben, wie viele Nissan Leafs und Teslas es gibt. In Pakistan ist's immer noch Glückssache, den ganzen Tag Strom zu haben, der verschwindet nämlich stundenlang, wenn's richtig heiß wird. Haste 'n Ventilator an, plötzlich geht der aus, Strom weg, dann musste 'nen Handfächer nehmen. Kein Scheiß, Mann! Und hier in Norwegen, der Onkel kann's nicht fassen, fahren die Leute in Elektroautos durch die Gegend, als wenn das gar nichts wär. Danach laden sie die Karren einfach auf, ich zeig ihm die Ladestationen, da bleibt ihm fast die Spucke weg, Alter! So viel Strom und es geht so schnell. Zapp, zapp, Mann! Der Onkel sieht aus, als ob er 'nen Stromschlag kriegt, ohne 'nen Stromschlag zu kriegen, er fasst sich nämlich an die Brust, Alter.

Ich hab zu Papa gesagt, vielleicht können wir Geld für'n Elektroauto sparen, aber er hat dasselbe gesagt wie immer, nämlich: »Ich bin nicht nach Norwegen gekommen, um ein Auto zu fahren, das klingt wie der Föhn deiner Mutter! Wenn ich schon in Norwegen bin, fahr ich auch ein Auto mit gutem Motorenklang und einem japanischen Zwei-Liter-

Dieselmotor. Bester Motor der Welt, bester Klang der Welt. Ich will merken, dass ich Auto fahr. Wenn ich Elektroauto fahren will, geh ich mit euch in den Freizeitpark und fahr Autoscooter.«

Vorm Shoppingcenter in der Innenstadt holen wir Döner, der arme Onkel hat Probleme, gleichzeitig mit der Gabel ins Fleisch zu piksen und das riesige Pita-Brot zu halten. Er fragt, was das für Fleisch ist, ich lüg halt. Sag, es wär echtes Lamm, gemischt mit Rind. Ich will ihm mit der Wahrheit keinen Schrecken einjagen, dass eigentlich Ohren, Schnauze, Nacken, Schwanz, Kiefer plus alle andren Köstlichkeiten schööön miteinander vermengt sind. Es ist gut, einfach nur zu essen.

Ich antworte ihm mit 'nem pakistanischen Sprichwort: »Frag nicht, wie viele Mangos am Baum sind, iss die Mango!« Er kapiert und isst. Sagt, das Fleisch schmeckt würzig und köstlich.

Ich zeig ihm die Somalis und sag, viele von denen hängen den ganzen Tag nur rum und tun 'nen Scheiß. Ich zeig ihm die ganzen pakistanischen Taxifahrer, die sitzen in ihren Wagen und warten, warten, warten. Und all die Marokkaner und Irakis, die von morgens bis abends in ein und demselben Café hocken und an derselben Tasse Tee nuckeln, das Sozialamt zahlt. Der Onkel findet auch, dass man arbeiten muss, nicht nur auf dem Arsch sitzen und Geld kassieren.

Dem Onkel fängt's an zu gefallen, ich hör ihn sagen: »Zeig mir mehr von Oslo, Mahmoud, das ist eine sehr schöne Stadt. So schön sauber, einfach tipptopp, mashallah.«

Es macht Spaß, dem Onkel Oslo zu zeigen, endlich hab ich was zu tun, kann ein bisschen kreativ sein, Bro! Manchmal muss ich Infos zu den Orten, die ich ihm zeig, nämlich erst googeln. Eigentlich ganz cool, ihm die Stadt zu zeigen, Tag für Tag zu Hause rumzuhängen und nix zu tun zu haben, geht nämlich gar nicht. Vergiss nicht: Alle bisherigen Sommer sahen so aus, ich hab bloß in meinem Zimmer gesessen oder draußen auf 'ner Bank. Dieser Sommer ist endlich anders. Ich krieg Luft in die Lungen, Bruder.

Ich bin noch nicht viel rumgekommen, nicht in der Welt, nicht mal in Europa, aber ich liebe diese Stadt. Ischwör, manchmal fühl ich mich weder norwegisch noch pakistanisch, ich fühl mich so … osloisch. Ich sag's dir, es müsst 'ne extra Nationalität geben, osloisch. Wenn mich jemand fragt, woher ich komm, sag ich echt: »Ich komm aus Oslo, ich bin osloisch.« Identitätskrise abgehakt, Bro.

Das Ding mit Oslo ist, diese Stadt ist klar geteilt, in Oslo-West und Oslo-Ost, die sind so unterschiedlich, das glaubste nicht, Mann! Das sind zwei meeegaverschiedene Planeten, Bro! Papa hat mal 'nen Glastisch von 'ner alten Dame gekauft, die wohnte in Frogner, deren Wohnung war 226 Quadratmeter groß und hatte zwei Wohnzimmer! Ich hab sooo große Augen gemacht, als wir bei ihr reinkamen, ich konnt nicht mehr. Aber sie war nett, sprach so 'n altmodisches Norwegisch und schenkte uns Bio-Holundersaft ein. Sie hat uns auch so selbst gestrickte Topflappen geschenkt. Am liebsten hätt sie noch ewig mit uns gequatscht, aber Papa musste seinem Kumpel den Lieferwagen zurückbringen, deshalb haben wir uns verabschiedet, obwohl ich gern noch länger da gechillt hätt. Ich erinnere mich, die Frau stand noch lange am Fenster und guckte uns hinterher. Das hat mich innen drin ganz traurig gemacht. In Norwegen gibt's viele einsame Alte, Mann, in unsrer Kultur kümmert man sich besser um die.

Ich zeig dem Onkel, dass es auch hier Klassenunterschiede gibt, nicht nur in Pakistan. Die Norweger glauben nicht ans Kastensystem, aber sie haben trotzdem so was in der Art, weil Leute aus dem Osten wissen nicht besonders viel über den Westen und Leute aus dem Westen fahren nie in den Osten, das ist für die wie 'n weißer Fleck auf der Landkarte, Mann.

Ich zeig dem Onkel den Stadtteil Grønland mit seinen vielen Moscheen. Er spricht ein Gebet und dankt der höheren Macht dafür, dass die Norweger uns erlauben, Moscheen zu bauen, und dass wir Gewürze importieren und halal schlachten dürfen, um das Fleisch und die Gewürze in unsern Läden zu verkaufen.

Wir essen im Lahori Dera zu Mittag, dem besten pakistanischen Restaurant in Grønland, wo das Essen wie selbst gekocht schmeckt. Das Lammcurry dort ist verdammt gut. Der Onkel ist zufrieden. Der Mann an der Kasse ist freundlich, fragt den Onkel, was er in Pakistan arbeitet. Ich unterbreche Onkel Ji und erzähl dem Mann, dass der Onkel in 'ner Fabrik arbeitet, die Fußbälle für die WM herstellt. Es muss ja nicht ganz Oslo wissen, dass der Onkel in 'ner ziemlich speziellen Lederfabrik arbeitet.

Ich nehm ihn mit ins Tøyenbad, wir chillen, schwimmen. Als wir in den Duschraum kommen, kriegt er 'nen Schock, so viele rosa Männerärsche. Er fragt mich: »Sind die wirklich soo rosa?« Ich denk so: What the fuck? Ja klar, Mann, sind die rosa! Ist er farbenblind, oder was?

Als er die unbeschnittenen Zebber sieht, bekommt er den nächsten Schock. Er so: »Sammeln sich da keine Bakterien unter der Vorhaut?« Ich so: »Weiß ich nicht, ich hab keine Vorhaut, Mann, ich bin geschnippschnappt. Bin ich Biolehrer, oder was?«

Er beobachtet norwegische Norweger, die sich runterbeugen, um an Seife und Shampoo zu kommen, das gibt Chaos in seinem Kopf. Er fasst dahin, wo er schon ziemlich häufig hingefasst hat, seit er in Norwegen ist.

In der Sauna kriegt er Klaustrophobie, noch schlimmer als im U-Bahn-Tunnel. Er kriegt Panik, beginnt zu schwitzen, klar, alle schwitzen in der Sauna, aber er schwitzt 'ne doppelte Schweißschicht, wenn du kapierst, was ich mein. Weil er so 'n Doppelstress hat. Er verflucht die Finnen, sagt: »Wenn die so gern in einem kleinen Raum in der Hitze hocken, schick sie nach Pakistan und setz sie ohne Ventilator und Klimaanlage in mein Wohnzimmer! Lass sie da drinnen mal ein bisschen ohne Strom sitzen!« Er dankt der höheren Macht dafür, dass er lebend aus dieser Sauna rausgekommen ist und wieder frische, kalte Luft auf der Haut spürt.

An einem Tag gehn wir in den Frognerpark, ziemlich früh am Morgen. Noch nicht mal die Sonne ist richtig aufgestanden. Ich zeig dem Onkel alle Skulpturen, er bestaunt sie mit großen Augen, Mann, dann zeig ich ihm den kleinen Trotzkopf, erzähl ihm, dass die Touristen sogar aus China und Australien kommen, um dessen kleinen Pimmel zu sehn und wie wütend er ist. Was für'n kleiner Scheißer. Ich schwör, wär das 'n Kanakenblag, seine Mutter würd danebenstehn und ihm den Hintern mit 'nem Schlappen aus Beton versohlen, kapierste?

Bro, um richtig fies zu sein und den Onkel abzufucken, nehmen wir den Bus zum Stadtstrand auf Bygdøy, ich zeig ihm alle, die sich da sonnen, aber das Schlimmste ist, ich zeig ihm die FKKler. Du weißt schon, diese alten Knacker mit ihren faltigen, schlappen Eiern und diese alten Schachteln mit ihren Hängebäuchen und weißhaarigen Muschis. Du hättest ihn sehn solln, Mann, ihm fällt die Kinnlade runter und die Zunge aus dem Mund wie Jim Carrey in dem Film mit der Maske. Der Arme kriegt die schrumpeligen Alten nicht mehr aus'm Kopf, Bro! Auf dem Weg zurück zur U-Bahn erklär ich ihm: »Die laufen nackt rum, weil sie meinen, dass wir Menschen ja auch nackt geboren werden.« Der Onkel sitzt immer noch mit seltsamen Bildern im Kopf da, die nicht rauswolln, und obwohl wir durch den U-Bahn-Tunnel fahren, kriegt er diesmal keinen Schiss. Er hat nämlich was viel Grusligeres gesehn, Alter! Ich fürchte, wenn der Onkel in ein paar Wochen in 'nem Flugzeug von Pakistan Airways sitzt, erinnert er sich fast nur an rosa Ärsche. Eigentlich müssten wir ihm norwegische Berge und Fjorde zeigen, aber wir haben kein Geld, um so weit rauszufahren.

Tag für Tag kommen wir müde nach Hause, mit müden Beinen, weil wir so viel erlebt haben, so weit gelaufen sind, Alter, das kannst du dir gar nicht vorstellen! Der Onkel fasst für Papa zusammen, was er gesehn hat. Dann schaut Papa mich an, gibt mir durch seinen Blick zu verstehen, dass er ein bisschen stolz ist, dass ich mich gut um seinen Bruder kümmere. Und dann geht er ins Bett und dann steht er wieder auf, er geht wieder arbeiten, kommt nach Hause, schläft 'n paar Stunden. Geht wieder zur Arbeit. Echt jetzt, ich seh, dass er hart für uns arbeitet, würde mir wünschen, ich wär reich, sodass er aufhören könnte, den ganzen Tag und die ganze Nacht durch Oslo zu gurken, um Geld nach Hause zu bringen. Für uns, Bruder. Für uns.

Wer auch immer von jetzt an mit 'nem strengen Zwei-Monats-Touristenvisum nach Oslo kommt, Guide Mahmoud ist bereit, allen die Stadt zu zeigen. Aber ich mach's auf meine Art.

An einem Tag passiert was Megalustiges. Der Onkel wacht auf dem Schlafsofa auf, rasiert sich einmal rund um den Schnurrbart, zwirbelt die Bartenden wie 'n echter pakistanischer Großgrundbesitzer und zieht seine schwarze Baumwollweste und die andren pakistanischen Sachen an, wie immer. Wir nehmen die U-Bahn in die Stadt, diesmal ist mein kleiner Bruder dabei, er hat lange genug gequengelt. Auch Mama hat gedrängelt, sie hat gesagt: »Zeig dem Armen ein bisschen was von der Welt. Er hockt den ganzen Tag vorm Tablet und schaut sich Frauen in schönen Klamotten an.« Ich guck zu Ali, grinse.

»Sicher, dass es Frauen in schönen Klamotten sind und nicht vielleicht ...«

Ali schaut mich an.

»Sprecht gefälligst Urdu!«, schimpft der Onkel.

»... Frauen ohne Klamotten sind?«

Ali wird rot, er antwortet nicht, ich kitzel ihn.

»Na, komm schon, gib's ruhig zu. Deinem Bruder kannst du's doch sagen. Du bist noch viel zu klein für so was, wart noch 'n paar Jahre, dann zeig ich dir das alles. Pass auf, dass du dann nicht ohnmächtig wirst, Bruder. Du hast ja keine Ahnung!«

Er sagt nur: »Wäääh, bääääh. Bhai, so einer bin ich nicht.«

»Was ist denn *so einer*? Ist doch nicht schlimm, alle Jungs machen das. Was bist du, so 'n verdammter Prinz, oder was?«

Ich bekomm keine Antwort.

In der Innenstadt steigen wir aus, und als wir aus der Station hochkommen, sind da jede Menge Leute. Fast alle tragen bunte Klamotten und so Regenbogen auf den Wangen. Einige haben Regenbogensocken an, andre Regenbogenregenschirme dabei, ein paar haben sogar ihre Haare in Regenbogenfarben gefärbt. Andre sehn ganz normal aus, wie ich und du, und gucken sich die Leute mit den bisschen speziellen Klamotten einfach nur an. Mein kleiner Bruder schaut sich überrascht um, ich will ihm schon erklären, dass die Leute bloß Karneval feiern, also falls er anfängt, schräge Fragen zu stellen. Ich will ihm schließlich nix Komisches beibringen, dass man so sein kann, wie man will, und so 'n Scheiß. Das lernt er in der Schule eh noch, dass es Jungs gibt, die Jungs mögen, und Mädchen, die Mädchen mögen. Und Jungs und Mädchen, die Jungs und Mädchen mögen, also beides. Seid, wie ihr wollt, aber bleibt mir vom Leib, okay? Sache erledigt.

Plötzlich entdeckt ein Mann in 'nem Lederkleid den Onkel und trippelt auf so hochhackigen Schuhen auf ihn zu. Die klackern brutal, er hat 'nen hippen Bart und die längsten Wimpern, die ich je gesehn hab, echt jetzt. Der Onkel wird nervös. Mein kleiner Bruder staunt den Mann an und lächelt, er denkt sicher, das ist 'ne Märchenfigur. Der komische Mann berührt den Bart vom Onkel und schmatzt so anzüglich.

»You look like Freddie Mercury! Was für ein sexy Moustache, Mister!«

Dann wirft er dem Onkel 'ne Kusshand zu. Ich hab den Onkel noch nie so nervös gesehn, echt jetzt, er wird von Kopf bis Fuß rot, Alter, sogar sein Bart zittert. Bevor der Onkel was mitkriegt, zieht dieser Typ 'ne Handvoll Glitzer aus einer der Kleidtaschen und wirft ihn in die Luft. Und der Onkel steht mitten in 'ner Glitzerwolke, die auf ihn regnet, Slomo, Bro. Weil so viel davon in der Luft ist, fängt mein Bruder den Glitzer auf, alles, was er kriegen kann, stopft er sich in die Taschen. Die vielen Schwulen und Lesben, die zugeguckt haben, fangen an, wie wild Fotos zu knipsen, denn der Glitzer schwebt ziemlich langsam zum Boden, das macht 'nen tollen Effekt, die Sonne scheint auf den Onkel, der Glitzer fällt, die denken bestimmt, dass das wie 'n echtes Homo-Märchen aussieht. Für die fühlt sich's an, als wär Freddie Mercury zurückgekommen. Der Onkel sieht aus wie 'n echter Gaylord, mit seinem Porno-Homo-Bart. Eine Frau in so 'nem Krankenschwester-Outfit zeigt mir ihr Foto, ischwör, der Onkel sieht original aus wie so 'ne Ikone der

Gay-Szene. Und dann fangen sie an, ihm Sachen zuzurufen und ihm zuzujubeln! Sie nennen ihn »Mister Moustache«. Mein kleiner Bruder spielt mit dem Glitzer, sie geben ihm drei Tütchen von dem Zeug.

Ich muss unbedingt checken, ob der Onkel schon auf Insta ist, vielleicht ist er da schon 'n C-Promi.

Auf dem Heimweg in der U-Bahn zieh ich den Onkel auf, ich sag: »Statt dem Bart-Contest hast du 'nen andern Contest gewonnen.« Er hätt mir gern eine drübergezogen, aber lässt es. Er verzieht den Mund zu einem Lächeln.

»Die waren nett, die Leute da«, sagt er.

»Ja, stimmt. Die fressen auch keine Menschen, weißt schon. Die leben halt ihr Leben auf ihre Weise, tun keinem was.«

Mein kleiner Bruder hört neugierig zu. Er guckt auf seine Glitzertütchen und lächelt.

»Erzähl das bloß nicht deinem Vater«, sagt der Onkel. »Der findet so was bestimmt nicht gut. Er hat hoffentlich kein Instagram?«

»Chill, Onkel«, sag ich. »Papa ist nicht nach Norwegen gekommen, um Influencer zu werden.«

Wir lachen.

Ich glaub, für den Onkel war das so 'n Wake-up Call, keine Ahnung, wie das auf Norwegisch heißt. Jedenfalls hat er 'nen ziemlichen Schock gekriegt, als er kapiert hat, wofür das Lederzeug eigentlich gemacht ist. Sorry, aber es ist nicht für den Reitsport, wie er gedacht hat, als er in der Fabrik Säume genäht hat. In der Stadt waren vier Schwule mit so Lederhüten und Lederwesten und engen Lederhosen, und als sie sich umdrehten, konnte man ihre behaarten rosa Arschbacken sehn. Da wurde der Onkel ganz still. Als ob sich seine Welt plötzlich nicht mehr drehen würd. Echt, da musst ich's ihm sagen. Da konnt ich nicht mehr anders. Sagen wir's mal so: Auf dieser Parade gab's deutlich zu viel Lack und Leder *Made in Pakistan.* Der arme Onkel, Mann.

Wenn ihn sein Chef demnächst beauftragt, Lederklamotten zu nähen, wird er jedes Mal tanzende Männer vor sich sehn, die ihre Arschbacken zeigen.

Wir sind müde, sehn zu, dass wir nach Hause kommen. Mama hat megalecker gekocht, wir essen, gucken noch 'n bisschen Nachrichten und Kricket, wolln grade ins Bett, als mein kleiner Bruder merkt, dass der Onkel noch Glitzer auf der Weste hat. Er fängt an, den aufzusammeln und dann über sich zu werfen. Der Onkel sagt: »Oieee, sei ein Kerl, Glitzer ist nur was für Mädchen, was machst du denn da?«

»Nein, Glitzer ist super!«, ruft Ali. »Marie sagt das auch, meine Lehrerin. In Kunst und Werken nehmen wir ständig Glitzer.«

Der Onkel guckt mich an, er wirkt nervös. Er ist nervös, ohne zu sagen, was ihn nervös macht. Papa kommt für 'ne kleine Pause nach Hause, Mama schaut ihn gespannt an, sicher fragt sie gleich, wie sein Tag war. Aber er sieht gereizt aus, und als er meinen Bruder entdeckt, wird er richtig sauer.

»Oie, du undankbarer Sohn, geh ins Bad und dusch das Zeug ab. Was machst du für einen Mist? Willst du das ganze Sofa versauen? Und willst du uns dann vielleicht ein neues kaufen? Geh dich waschen! JETZT!«

Hallo? Papa dreht völlig durch, bringt mich voll durcheinander. Ich rappel mich auf und hol den Staubsauger, schick meinen Bruder unter die Dusche. Dann saug ich den Glitzer weg. Ich mach so ’n Kontrollblick, stell fest, dass da nichts mehr ist, was den General von unsrer Familie verärgern könnte. Ich ertrag heute kein »Ich bin nicht nach Norwegen gekommen, um …«. Besser, man macht den Mann happy, er hatte ’nen schlechten Tag. Wahrscheinlich kamen nicht so viele Kunden, er hat bloß rumgesessen und gewartet und gewartet und dabei Liebesschnulzen aus indischen Filmen gehört.

Bevor wir schlafen gehen, erinnert uns Mama dran, dass wir morgen zum Freitagsgebet in die Moschee müssen. Sie bügelt unsre pakistanischen Klamotten, legt die Mützen und die Hemden, also die Kamiz, die wir drunterziehen, raus.

Bevor wir ins Bett gehn, fragt mein kleiner Bruder mich: »Sind in der Stadt jeden Tag so Leute mit Glitzer?«

»Nein, Kumpel, in der Stadt ist nicht jeden Tag Karneval«, sag ich. »Nur einmal im Jahr.«

Ali murmelt irgendwas von Männern mit Bart und Kleid, ehe er einschläft.

Tags darauf wachen wir auf, Mama macht grade Frühstück. Halal-Würstchen mit Eiern und Truthahn-»Speck«, der Onkel schaut verwirrt auf die Würstchen. Er weiß nicht, ob er sie essen oder nur anglotzen soll. Vielleicht denkt er an die Pride Parade gestern, keine Ahnung, vielleicht denkt er an den Frognerpark, was weiß ich, das Tøyenbad oder die FKKler auf Bygdøy. Er nimmt einen Bissen, und noch einen. Verdrückt dann fünf Stück, Alter. Ihm schmecken auch die norwegischen Lomper, Fladen aus Kartoffelmehl, er vergleicht sie mit Kartoffel-Chapati, wie wir sie in Pakistan haben. Ich führ mich auf wie 'n Arsch, sag zu ihm: »Friss nicht so viele Lomper, denk dran, dass du bald zurückmusst, und in Pakistan gibt's die nicht.« Da nimmt der Onkel wieder Anlauf.

»Können wir nicht einen Brief an Siv Jensen schicken mit einem Bild von mir, wie ich Lomper esse? Und dazu schreiben wir, dass ich schwer krank bin und mich nur frische Lomper gesund machen können, ich muss sie jeden Tag essen, sonst sterbe ich, und die gibt's eben nur in Norwegen!«

Ich muss ihn schon wieder enttäuschen, ich sag nur, wie's ist.

»Du MUSST zurück, Onkel, mit oder ohne Lomper im Gepäck, spielt keine Rolle. Das ist ihr furzegal.«

Ich hab ihm beigebracht, wie man »Scheiße« auf Norwegisch sagt, weil er ’n bisschen was lernen wollte, jetzt murmelt er vor sich hin.

»Schaaaaaaiiiß Siv Jannssen! Schaaaaiiiiß!«

Nach dem späten Frühstück gehn wir uns mit Mamas nagelneuer Kanne die Hintern waschen, Bruder. Voll fresh, Mann. Dann duschen wir und waschen uns, so wie Muslime es halt machen solln. Wir sind bereit fürs Freitagsgebet.

Der Imam spricht davon, dass jetzt Sommer ist, es ist heiß draußen, die Ungläubigen sind leicht bekleidet, einige zu leicht, manche laufen vielleicht sogar ganz ohne etwas rum. Ich schau zum Onkel, ich glaub, er denkt an die FKKler. Der Onkel wagt's nicht, mir in die Augen zu schaun. Der Imam spricht weiter, sagt, wir müssen aufpassen, wo wir hinsehn, dürfen nicht sündigen. Nicht so viel in der Gegend rumgucken, besser auf den Boden. Wenn wir was sehn, was wir nicht sehn solln, kriegen wir 'ne Kaminzange direkt in die Augen, die ist heißer als alle Flammen der Erde. Die Augen wachsen nach, und dann kriegen wir die Zange wieder und wieder in die Augen gerammt. Onkel Ji hüstelt. Ich hör auch andre Männer in der Moschee hüsteln, diese Heuchler haben plötzlich was im Hals, alle auf einmal. Ich seh, wie der Onkel trotz der Klimaanlage in der Moschee schwitzt. Ich seh, dass er heftig um Vergebung betet, ich lach nur boshaft in mich rein. Ich werd ihn extra noch mal mit in den Sofienbergpark nehmen. Der Imam mahnt weiter, wir solln aufpassen, wo wir hingucken, aber ich hör nicht wirklich zu. Ich denk über 'nen Plan nach, wie ich den Onkel zum Sündigen bringe. Das Hüsteln der Männer nimmt zu. Alle bitten um Vergebung.

Ich seh, wie mein Bruder mit seinen kleinen Händen zu Gott betet, und entdeck 'ne Träne in seinem Augenwinkel. Warum weint er? Er ist noch klein, er darf noch glotzen. Die Mädchen in seinem Alter laufen eh noch nicht so leicht bekleidet rum. Sie haben noch keine Rundungen oder so. Ich seh, wie er seine Hände zum Gebet fest ineinanderpresst. Der Imam hat ihm viel zu krass Angst gemacht. Es ist nix dabei, hübsche Mädchen anzugucken, Ali ist doch noch klein.

Dann sind wir fertig und gehn raus. So aus Scheiß sag ich zum Onkel: »Wolln wir in die Stadt? Ich hab gehört, im Sofienbergpark ist heute 'n Musikfestival.«

»Im Sofienbergpark?«, fragt der Onkel. »Nein, nein, ähm, lass uns heute zu Hause bleiben. Vielleicht können wir Sendungen über den Islam im Fernsehen gucken. Uns ein bisschen mit unsrer Religion beschäftigen.«

Er macht die Augen wieder zu und schüttelt dann langsam den Kopf. Ali zieht an meinem Hemd.

»Bhai, Bhai?«

Ich schau ihn an.

»Was ist los, Bruder, warum unterbrichst du uns? Zwei Erwachsene unterhalten sich, Mann, kannst du nicht mal die Klappe halten?«

Er antwortet nicht, hoffentlich fängt er jetzt nicht an

zu heulen, weil ich ihn angeschissen hab, manchmal ist er megasensibel.

»Hast du schon wieder ein Insekt getötet, oder was? Oder hast du Stress, weil du die Mädchen in der Schule angeglotzt hast?«

Jetzt heult er echt. Ich schwör, ich ertrag's nicht, das Blag zu trösten. Ich hab keinen Bock, die ganze Zeit Babysitter zu spielen. Ali muss fallen und wieder aufstehn lernen wie Batman, vom Leben lernen, Bro.

»Hat dich jemand geärgert, hä?«

Er schüttelt den Kopf.

»Was denn dann? Sag schon, dann werd ich dem, der dich ärgert, was erzählen.«

Er schüttelt nur den Kopf und wischt sich ein paar Tränen weg und ein bisschen Rotz von der Nase.

Wir kommen nach Hause, ich seh Arif vorm Block und geb ihm so Bro-Hug wie immer, der Onkel sagt »Hällu, Arif« und glaubt, er kann schon voll gut Norwegisch. Arif grüßt zurück. Ich schick meinen kleinen Bruder hoch, um dem Onkel Kricket im Fernsehn anzumachen, und erinner ihn an Nüsse und Sprite. Ich brauch 'n bisschen Alone Time, Mann, so was ist wichtig, sonst wird man noch voll loco im Kopf, Alter! Jetzt erst mal 'n bisschen mit Arif vorm Block abhängen. Nach über 'ner halben Stunde in die Luft glotzen macht er endlich den Mund auf. Wieder mal denk ich, jetzt sagt er was Schlaues, jetzt knockt er mich mit was tief Philosophischem aus. Endlich haben wir was zu reden, vielleicht über diesen Sinn des Lebens oder so was, weil er so voll vorsichtig sagt: »Brudi?«

»Was los, Brudi?«

»Ey hör mal. Aber fang keinen Stress an, denk erst mal gründlich nach.«

»Was'n los? Spuck schon aus, Mann. Dann geht's dir besser.«

Arif guckt mich an.

»Brudi, ich hab echt lange drüber nachgedacht. Hast du … also ehrlich … ehrlich schon mal Taube gegessen?«

Ich schwör bei meiner ganzen Familie, Digga, ich zieh die Slipper aus, die ich extra zum Freitagsgebet anhab, und verpass ihm eine. Sind die so ausgehungert, diese Somalis, oder was? Okay, das Sozialamt zahlt vielleicht nicht sooo viel, aber rennen die echt rum und fangen Tauben? Ich hab 'n paarmal Körbe bei ihnen auf'm Balkon gesehn, so auf Stöcke gesteckt, legen sie da etwa Brot drunter und der Stock fällt dann um, damit sie die Tauben fangen und essen können?

Alter, ich hab echt genug von meinem Leben. Baller mir mit 'ner Shotgun direkt in die Fresse, mach einfach, Mann. Solln die Somalis mich doch mit 'nem Korb fangen und auf'm Balkon verspeisen. Sieh mich an, hier steh ich und red mit meinem besten Freund darüber, ob ich schon mal Taube gegessen hab! Was für'n beschissenes Leben kann man haben, Mann?

Mein kleiner Bruder liegt auf seinem Bett und starrt an die Decke, ich häng mein Handy ans Ladekabel, dann geh ich rüber und setz mich neben ihn.

»Warum hast du gefragt, ob Gott dich lieb hat?«

Das ist 'n viel zu tiefgründiger Gedanke für 'nen Zehnjährigen, Bro. Noch nicht mal Arif kommt auf so was. Kleine Brüder müssen mit ’ner Spielzeugpistole durch die Gegend schießen. Erst antwortet Ali nicht so richtig, also nehm ich ihn mir vor, halt so ’ne echte Große-Bruder-Rede drüber, dass Gott alle lieb hat, jedenfalls so unschuldige kleine Kinder wie ihn, die keinem was getan haben, ich sag genau dasselbe, was ich in der Moschee gesagt hab. Langsam gehts mir auf’n Sack, das schon wieder runterzubeten, aber ich mach weiter und denk, es dauert halt ’n bisschen, aber wenn ich ihn tröste, wird er wieder happy.

Er wirkt sehr ernst, während ich red, scheint, als hört er mir zu. Er sagt nichts, ’ne Weile ist es still im Zimmer, am liebsten würd ich mein Handy rausholen und ’n bisschen surfen oder ’n paar Filmtrailer auf YouTube gucken. Ich glaub, er merkt, dass ich langsam die Geduld verlier, Alter, ich hab grad dreißig Minuten meines Lebens mit Arif vergeudet, ich kann echt nicht noch mehr Zeit verschwenden. Ich bin zu jung, hab mein Leben vor mir. Alter, ich bin noch ’ne unschuldige Jungfrau. Ich muss meine Zeit nutzen, maximalen Spaß haben, am Handy zocken, eiskalte Cola schlürfen, auf so was steh ich und nicht drauf, zu warten, ob jemand was Blödes sagt oder überhaupt irgendwas.

Ali hustet leicht, als wüsst er nicht, ob er was sagen soll oder nicht. Ich seh, er hat was auf’m Herzen, aber er kriegt’s nicht raus. Ist halt so ’n Großer-Bruder-Instinkt, weißt schon. Und dann plötzlich hör ich seine Stimme, leiser als leise.

»Warum hat Gott mich dann so gemacht?«

Ich schau ihn an und versteh die Frage nicht.

»Ali, du bist ’n gesunder Junge, was stimmt denn nicht? Wie hätt Gott dich denn sonst machen solln? Du hast zehn

Finger, zehn Zehen, beide Arme sind dran, du hast Beine, Mann, und 'nen Kopf und 'n Hirn, alles dran, Mann. Mamas Schlappen kannst du sehn, hörn, schmecken, fühlen, alles an dir funktioniert. Alter, was laberst du?«

Eigentlich wär das hier Papas Aufgabe, aber der fährt den ganzen Tag Taxi, bis die Reifen irgendwann *Peng* machen. Erst mal sagt Ali nix, dann fragt er: »Warum hat er einen Jungen aus mir gemacht?«

»Gott entscheidet, wie er jemanden macht, Kumpel, manche werden Jungs, manche werden Mädchen. Sei froh über das, was du geworden bist!«

Er guckt mich an, ist mit der Antwort nicht so zufrieden. Er spielt Schach mit meinen Gedanken, Mann.

»Aber was, wenn man sich wie 'n andrer fühlt?«

»Bruder, was redest du da? Du bist Ali, du bist nicht Ehtesham, du bist nicht Yusuf. Du bist Ali, warum solltest du 'n andrer sein? Du bist du selber, damit musst du zufrieden sein. Ein Pakistani kann halt kein Inder sein, ein Schwede kein Norweger. Sei einfach stolzer Pakistani, Mann! Du bist 'n pakistanischer Junge und damit hat sich's!«

Endlich schnall ich, wie er sich fühlt, Bruder. Weil genau das Gleiche hab ich auch durchgemacht. Warum bin ich anders, warum bin ich kein weißer norwegischer Norweger? Warum hab ich dunkle Haut? Es gab 'ne Zeit in meinem Leben, da hab ich meine Hautfarbe echt gehasst, Bro. Bei jedem Blick in den Spiegel hab ich meine Fresse gehasst, verstehste, was ich mein? Ich hab mich gefühlt, als würd ich nicht dazugehörn, obwohl ich im Getto gewohnt hab, weil mir war klar, in der Stadt sind die ganzen Weißen und eigentlich ist das ihr Land. Ich war neidisch, weißte, weil die konnten sagen: »Norwegen ist mein Land, ich bin Norweger, ich bin in diesem Land geboren.« Die wissen irgendwie, dass sie 'n gutes Land haben, auch wenn vor vielen Jahren Norweger selber in die USA ausgewandert sind, weil sie damals meinten, Norwegen wär nicht gut genug, verstehste?

Unsre Eltern sind aus ihrem Land weg, weil sie wussten, da ist's nicht so toll, also sind sie weg, um Arbeit zu suchen. Dann haben unsre Eltern uns gekriegt, und als wir dann älter wurden, standen wir so in der Welt und waren voll verwirrt, und auch jetzt bin ich manchmal noch verwirrt. Denn es ist noch mal 'n andres Gefühl, sagen zu können: »Das ist mein Land, hier komm ich her.« So richtig halt. Weil ich fühl mich viel zu oft wie 'n Gast in diesem Land, weil in den Medien halt jeden Tag was über uns steht. Und vieles davon ist einfach nur Hass und nix Schönes. Das macht mich irgendwie voll unsicher.

Wenn man nicht so aussieht wie die meisten in dem Land, in dem man lebt, fühlt man sich halt wie 'n Gast, Bro! Ich kann dir sagen, es fühlt sich an, als wär dein Leben auf Kredit. Darum, ich sag's dir, wenn am 14. August der pakistanische Nationalfeiertag ist, dann machen wir Party bis zum Umfallen, Digga! Wir dekorieren alles mit grünen Flaggen, ziehn grün-weiße Klamotten an, denn an diesem einen Tag spürst du was in deinem Herzen, das nur dir gehört, genau an diesem einen Tag kann dir das keiner nehmen. Dann bist du wie ein Norweger am 17. Mai, selbst wenn du den pakistanischen Nationalfeiertag in Norwegen feierst. Du musst stolz drauf sein, wer du bist, Bro! Und nicht versuchen, jemand andres zu sein.

Genau das muss ich meinem kleinen Bruder beibringen!

Ali macht grade garantiert denselben Scheiß durch, so 'ne nervige Identitätskrise, die dir Kopf- und Bauchschmerzen macht. Und dann kommt einem manchmal halt die Galle hoch, wenn man voll verwirrt ist! Ali hat angefangen, sich im Spiegel anzugucken, Bruder. Er sieht, dass er so 'n Minderheitenkind ist mit 'nem Vater, der nonstop Taxi fährt. Er war mit dem Onkel und mir im Zentrum von Oslo, hat da nur Weiße gesehn, na ja, fast, er hat sicher so gedacht: ›Wer sind die denn? Warum gibt es so viele von denen?‹ Sicher hat er vorher geglaubt, unser Viertel ist die Welt, schließlich hat sich unser Leben immer nur hier abgespielt. Er ist halt noch nicht so oft mit der U-Bahn in die City gefahren. Der Dummkopf hat gedacht, unser Block ist Norwegen! Ich muss ihm Bilder von Siv Jensen und den Rechten zeigen, ihm die Wahrheit sagen. Jetzt, wo er seinen Platz sucht, braucht er meine Hilfe, ihn zu finden. Darum muss ich ihn führen, Bruder, nicht nur in Oslo, auch im Leben. Mein Job ist es, ihn zu motivieren: »Du hast dunkle Haut und du bist gut! Sei ein guter Mensch, dann läuft alles easy!«

Ich mach den Rücken gerade und sag zu ihm mit hundert Prozent Blickkontakt:

»Ali, sei zufrieden damit, wer du bist, okay? Denk nicht drüber nach, ob du dunkle Haut hast oder Pakistani bist, okay? Du musst immer stolz darauf sein, wer du bist. Immer. Versprichst du mir das? Du musst das Beste aus deinem Leben machen, klar?«

Er antwortet nicht. Irgendwie hab ich voll viel auf dem Herzen, also red ich einfach weiter, nur 'n bisschen langsamer.

»Grübel nicht zu sehr drüber, warum du nicht weiß auf

die Welt gekommen bist, Kumpel, wie der Pole in deiner Klasse. Der Typ mit dem Steingesicht, der aussieht, als hätt er was gesehn, aber wollte nicht sagen, was.«

Ich bin stolz auf mich, ich glaub, jetzt hab ich Ali so motiviert, jetzt reist er nach Pakistan, geht da direkt zum Militär und fliegt Düsenjets, um Inder für sein Land zu töten. Aber er sieht mich nur mit leerem Blick an.

»Bhai?«

»Ja, Kleiner, was is'n?«

Es ist plötzlich völlig still, wie in 'nem Grab, Bro. Ich weiß, mein kleiner Bruder hat mehr in der Birne als der bekloppte Arif, der von gegrillten Papageien träumt, dazu von gegarten Tauben überm offenen Feuer, dieser hungrige Somali. Also sitz ich da und wart auf'n paar kluge Gedanken. Ali holt Luft und dann sagt er, wie's ist. Und was er da sagt, verpasst mir Eierklappern, Arschlochverschluss, Sodbrennen, 'ne Adamsapfel-Explosion plus fucking Kopfschmerzen, alles auf einmal, Bruder!

»Bhai, ich ... ich fühl mich wie ein ... ich fühl mich wie ein ... ein Mädchen. In einem Jungenkörper.«

Mein Kopf, mein Herz und mein Hirn sagen alle:

›Der macht Witze!‹ Gleich sagt er: ›Bhai, ich hab dich verarscht! Komm, mach 'nen Actionfilm an!‹ Eigentlich egal, was genau er sagt, Mann, er muss nur sagen, dass er mich verarscht, und schon krieg ich mich ein. Wir trinken 'ne eiskalte Limo, machen 'nen Film auf seinem Tablet an, chillen 'ne Runde, nur wir beide. Weil man nämlich in den Sommerferien nicht den geringsten Scheiß macht, man hängt ab, entspannt sich, schläft, wann immer man grade Bock hat, wacht auf, kauft Brot und H-Milch, hängt wieder ab.

Ich atme durch die Nase ein, aber schaff's nicht, bis in den Bauch zu atmen, wie man's eigentlich machen soll.

»Bhai, ich pass nicht zu den Jungs in der Klasse. Ich mag nicht mal Fußball. Ich will diesen Körper nicht, Bhai. So 'nen Körper will ich nicht. Im Kopf bin ich ein Mädchen.«

Ich bin verwirrt. Ich muss einfach fragen, auch wenn mir 'n bisschen schwindelig ist, Alter.

»Aber Bruder. Seit wann ... also ehrlich, seit wann fühlst du dich wie eine Chi... ich mein, wie 'n Mädchen?«

Ali guckt mich an.

»Papa sagt immer, sei ein starker Junge, sei ein richtiger Mann, mach Jungssachen. Und das versuch ich auch. Aber, Bhai, wenn ich versuche, so ein starker Junge zu sein, wie Papa will, ist das nicht so einfach.«

Bruder, was soll man denn da sagen? Der Knirps könnte Papa mal 'ne kleine Lektion erteilen, Mann.

»Ich weiß, dass ich ein Mädchen bin. Und Bhai, ich fühle mich, als ob ich im falschen Körper gefangen wäre.«

Wo hat der so tiefsinnige Worte her, Bro? Wird man automatisch klüger, wenn man sich wie 'n Mädchen fühlt?

Heißt es nicht immer, Mädchen sind schlauer als wir Jungs? Ey hallo, vielleicht ist Ali wirklich in echt 'n Mädchen, weil wenn du mich mit zehn gefragt hättest, hätt ich dir nicht sagen können, dass ich mich irgendwie gefangen fühl. Ich versuch, meinen kleinen Bruder zu trösten:

»Weißt du, Ali, Papa ist halt so 'n richtig harter Kerl. Weißte, was ich mein? Er ist voll stolz darauf, dass wir zwei Jungs sind, dass er zwei Söhne hat. Er hat zwar nicht so 'nen krassen Männerbart wie der Onkel, aber dafür ist er 'n echter Kerl.«

Was soll ich sagen? Wie soll ich's sagen? Wie viel sagt man da überhaupt? Und was darf man nicht sagen? Was weiß denn ich, Mann! Ich hab schließlich noch keinen »Das Geschlecht wechseln«-Kurs gemacht.

»Weißt du, Kumpel, so was ist halt irgendwie ... wie soll ich sagen ... Sei jetzt nicht traurig, aber das ist halt nicht so üblich. Und das mein ich jetzt nicht böse, Kleiner, echt nicht. Ich bin stolz auf dich, ich hab dich lieb, Bruder. Und zwar voll so, du hast ja keine Ahnung, wie lieb ich dich hab. Du bist mein Ein und Alles, echt! Aber du weißt doch selber, wie wir sind. Wie es bei uns zu Hause ist, oder? Aber, Wallah, ich bin voll stolz auf dich, ischwör, du bist voll mutig, Bruder.«

Ich will ihn küssen, ihn umarmen, Mann. Bro, er ist mein Bro, verstehste, was ich mein?

Ali nickt. Gut, dass er nickt, das heißt, er hört zu. Denn wenn er nix davon rafft, was ich sag, kann ich's mir gleich sparen. Jedenfalls kann ich nicht so schwierige Wörter auf Norwegisch, ich sprech einfaches Norwegisch, Bruder. Ich red ruhig, sag ihm, das ist 'n Geheimnis, das er auch wirklich schön geheim halten muss. Und wenn er's für sich behält, kauf ich ihm eines Tages 'ne Meerjungfrauen-Barbie, aber, Alter, dafür muss er eeecht die Klappe halten. Ali guckt mich an und sieht aus, als würd er sich freuen, passiert halt nicht jeden Tag, dass der große Bruder und der kleine Bruder 'n Geheimnis miteinander haben.

»Bhai, kann ich lieber die Rapunzel haben? Ich will mir die Haare so lang wachsen lassen wie sie.«

Ich muss mindestens viermal schlucken, der macht mich fertig, unser Vater killt mich, verpasst mir so 'ne Herz-Lungen-Wiederbelebung und tötet mich dann gleich noch mal!

Und dann wird er sagen: »Ich bin nicht nach Norwegen gekommen, damit einer von euch als Mädchen lebt, du harām Kind einer harām Frau! Ich bin nicht nach Norwegen gekommen, damit du deinem kleinen Bruder Rapunzel-Barbies kaufst!«

»Ali, Kumpel, hör mal. Mit Rapunzel müssen wir noch was warten, okay? Das ist dir doch klar, oder? Papa will, dass du mit Jungssachen spielst. Nimm was von meinen alten Spielsachen, die sind in der Abstellkammer, such dir was davon aus. Da sind Pistolen, kleine Granaten, so Action-Kram. Das komplette Terroristenpackage. Greif zu, bedien dich. No problem!«

Ali sieht enttäuscht aus, dass er Rapunzel nicht sofort kriegt.

»Ey hör mal, Bruder. Du weißt doch, der Onkel ist zu Besuch, Papa ist von der Arbeit gestresst, Mama rackert sich mega ab, damit's dem Onkel so gut wie möglich geht. Sie kocht tausend verschiedene Sachen, macht sich voll den Stress. Du weißt doch selber, dass man so was in Pakistan nicht gewohnt ist. Ehrlich gesagt sind die meisten so was nicht gewohnt! Auch wir nicht. Klar gibt's Kinder, die das Gefühl haben, im falschen Körper auf die Welt gekommen zu sein, aber tja, keine Ahnung, Mann, man redet da vielleicht nicht laut drüber.«

Er guckt mich einfach nur an, sieht echt so aus, als wartet er drauf, dass ich ihm alles erklär, weil ich glaub, er braucht 'n bisschen Hilfe mit dieser neuen Sache. Unserm neuen Megageheimnis.

»Weißt du, Ali, so was braucht Zeit. Du bist noch klein. Ich werd Papa erzählen, was du mir gesagt hast. Aber nicht gleich. Wir müssen damit noch warten. Du weißt doch, Papa ist Papa, manchmal lächelt er und ist froh, aber die meiste Zeit ist er angepisst und gestresst. Weil's auf der Arbeit nicht so läuft und so. Wir haben nicht viel Geld und Papa hat echt die Schnauze voll. Weil er denkt halt an uns und an Mama. Dass es uns gut gehen soll.«

»Ja, ich weiß, Papa wird schnell sauer«, sagt Ali. »Mama hat gesagt, man darf nicht immer nur was haben wolln. Man muss die gemeinsame Zeit mit den Eltern genießen, es geht nicht immer nur darum, neue Spielsachen zu kriegen und so.«

Dafür kriegt er so Daumen hoch von mir, High Five, Bruder!

»Super, Bruder! Dann weißt du ja, es geht nicht immer nur um Geschenke, Spielsachen und so 'n Zeug. Es geht auch um mehr Zeit mit unsern Eltern, nicht nur vorm Handy oder Tablet hocken, sondern bei ihnen sein. Wir beide sind wegen Papa immer so nervös, verstecken uns hier im Zimmer, wenn er nach Hause kommt, weil wir keinen Bock drauf haben, angekackt zu werden oder dass er laut wird. Aber vergiss nicht, Papa arbeitet viel, er schuftet für uns, für Mama. Den ganzen Tag schuftet er, schläft zwischendurch 'n bisschen, arbeitet weiter. Also sagen wir ihm nix davon, dass du 'n Mädchen bist. Zumindest nicht, bis Onkel Ji weg ist. Okay, Kleiner?«

Ich wart auf 'ne Antwort, warte und warte. Dann sagt Ali: »Okay, alles klar, Bhai.«

Kein Scheiß, Mann, er sieht echt erleichtert aus, musste das alles nur mal loswerden. Auch ich bin froh, dass er's mit mir geteilt hat, weil's echt nicht gesund ist, so 'n großes Geheimnis mit sich allein im Kopf rumzuschleppen. An solchen Geheimnissen verreckt man, verdammt!

»Ey hör mal! Wenn du auf mich hörst und unser Geheimnis für dich behältst, dann besorg ich mir für die Oberstufe 'n Stipendium und dann spar ich davon was und kauf dir alle Puppen aus der Disney-Princess-Collection im Supermarkt. Ich weiß, dass sie die da haben. Du kriegst sie alle! Versprochen!«

Ali strahlt. Er scheint es gar nicht fassen zu können, aber ich glaub, er rafft, dass ich keine Witze mach. Er steht auf und wirft sich mir um den Hals. Alter, ich verwett meine linke Niere drauf, dass er die Klappe hält, ich verwett meine Eier drauf, dass er die Klappe hält!

Eine Weile sagen wir kaum was, ist eigentlich ganz schön so, einfach nur dasitzen. Ich halt ihn fest, küss ihn auf die Stirn. Das tut unsern Köpfen ganz gut, glaub ich, meinem Kopf zumindest. Weil ich hab echt Schiss vor dem, was passieren könnte. Aber um die Angst vor Papa kümmern wir uns später, Mann! Ich muss meinem kleinen Bruder jetzt erst mal noch 'n paar Fragen zu was andrem stellen und den Armen nicht noch mehr stressen. Besser frag ich ihn, wie er sich fühlt halt, wann es angefangen hat und so. Und Ali erzählt, während ich versuch, den Kloß in meinem Hals runterzuschlucken.

In aller Ruhe sitz ich neben ihm auf'm Bett und denk so: ›Onkel und Papa werden 'nen Ehrenmord an dir begehn.‹ Ich würd Ali eigentlich auch am liebsten 'n Kissen aufs Gesicht drücken, aber er ist schließlich mein kleiner Bruder, mein einziger, verdammt! Wären wir wie Arif und seine Fußballmannschaft an Geschwistern, würd ich ihn mit'm Kissen ersticken und sagen: ›Das haste davon, du Wannabe-Bitch, wir haben noch viele mehr! Papa und Mama machen einfach 'n neuen Sohn! Das Sozialamt zahlt Kindergeld ohne Ende, du Schlampe.‹

Ich guck Ali an, ischwör, leg meine Hand an seine Wange. Soll man so 'n verwirrtes Gesicht ohrfeigen oder trösten? Er ist mein Bruder, in unsren Adern fließt das gleiche Blut, Mann! Ist ja nicht so, als wär er mein Stiefbruder oder Halbbruder, wie bei den ganzen norwegischen Norwegern, die haben immer ein, zwei Stief- oder Halbgeschwister. Man kann nie sicher sein und muss immer erst fragen. Das hier ist mein richtiger Bruder. Mein Ganzbruder, Bro!

Ich weiß echt nicht, warum, Brudi, echt jetzt, aber auf meiner Nasenspitze kann ich 'ne Träne spüren, keine Ahnung, wie die dahin gekommen ist. Aber jetzt ist sie da und kitzelt mich. Meine Augen werden feucht, und anstatt 'nen Ehrenmord an Ali zu begehn, beug ich mich runter und küss den Idioten noch mal auf die Stirn, 'n paar Mal sogar und lange. Scheiß drauf, dass ich ihm gegenüber Gefühle zeig, ich küss ihn einfach.

Auf einmal beginnt's in meinem Kopf zu rattern. Wie der weltkrasseste Computer. Zuerst denk ich, dass mein Vater mich aus'm Fenster schmeißen wird, dann land ich unten zwischen den Somalis, während die wie die Minisoldaten auf'm Weg nach drinnen sind, und Papa singt dazu: »Let him gooo!«, also seine ganz eigene Version von Frozen, während er mir zuwinkt!

Und zweitens: Ehrlich gesagt, keine Ahnung, was das Zweite ist. Denn grade bin ich echt nur noch extrem verwirrt.

Ich brauch ’nen Plan. Wir können das Geheimnis erst lüften, wenn der Onkel abgereist ist, aber bis dahin sind’s noch mehrere Wochen. Falls Papa plötzlich wegen der Ehre Ali abmurksen will – weiß man ja nie bei pakistanischen Vätern –, kann das norwegische Jugendamt dann kommen und meinen Bruder retten. Aber was laber ich, Alter? Ich sollte so nicht über Papa denken, eigentlich ist er doch nur ein unbescholtener Taxifahrer. Er ist jedenfalls nicht Rambo oder sonst irgend so ’n Actionheld, der wie aus dem Nichts plötzlich austickt wie in Filmen.

Trotzdem denk ich grade, dass Ali besser Ole heißen und mit echten Kartoffeleltern in Ullevål Hageby wohnen sollte. Ich kann mir genau vorstellen, wie ’n Petter oder ’ne Linda sagt: »Lass dir Zeit, Ali, hetz dich nicht. Bleib ganz entspannt, mein Schatz.« So hab ich das im Kinderprogramm im Fernsehn gesehn, da reden sie auch immer so. Bro, du hast ja keine Ahnung, mit was für ’ner sanften Stimme Norweger sprechen können. Geht’s noch? Wir Ausländer dagegen, ischwör, manchmal hab ich den Eindruck, wir brüllen. Wir sprechen drinnen mit unsrer Draußenstimme.

Für norwegische Norweger ist die Drinnenstimme megawichtig, Alter, sogar wenn sie draußen sind. Deshalb ist es für Ali wichtig, dass wir mit sanfter Drinnenstimme sprechen. Wir dürfen ihn nicht erschrecken. Aber wenn ich Papa mit Drinnenstimme erzähl, dass sein jüngster Sohn die Seite wechseln will, wird er sagen: »Ich bin nicht nach Norwegen gekommen, um mit Drinnenstimme zu sprechen, wenn mein Sohn plötzlich eine Tochter ist!« Und das würd er hundertpro ziemlich laut brüllen!

Ich brauch 'nen Plan, vielleicht sogar mehrere Pläne. Wie erzählt man seinen Eltern so was überhaupt?

Immerhin ist es gut, dass sich Ali in Norwegen als Mädchen fühlt. In Pakistan hätt er 'n Problem, echt jetzt. Bruder, wenn 'n norwegischer Norweger zu seinen Eltern sagt: ›Hört zu, Papa und Mama, ich fühl mich im falschen Körper‹, hab ich vor Augen, wie die Eltern gleich in so 'nen Drag Store gehn und 'ne Federboa und so Zeug für ihr armes Kind kaufen, das so traurig und verwirrt ist. Und dann so: »Keine Angst, wir helfen dir, wir sind für dich da.« Sie würden vor ihrem Sohn auf die Knie fallen und ihn zu Tode akzeptieren, weil das können die Norweger richtig gut. Sie akzeptieren alles, bloß mit Mädchen, die freiwillig Hijab tragen, tun die sich schwer. Jedenfalls würden die Kartoffeleltern einmal die Woche zum ›Ich bin im falschen Körper geboren‹-Kurs gehn, so 'ne eigene Elterngruppe auf Facebook gründen und im Baumarkt rosa Wandfarbe und Tapeten kaufen. Die würden das Kinderzimmer so renovieren, dass es mit dem Geschlecht wieder passt. Dann würden sie 'nen Blogartikel drüber schreiben, Urlaubsfotos auf Insta und Facebook posten, Hashtag ›Ferien mit unserm trans Kind, und für Snapchat ›lustige Dinge, die nur trans Kinder machen‹ knipsen. Und dafür würden die so viele Likes kriegen, das glaubst du nicht. In Norwegen kannst du er, sie, ser oder sir sein, voll egal, sie haben Platz für alle. Ich hab Jonas Gahr Støre bei seinem Pride-Auftritt im Fernsehn gesehn, weißt schon, diesen Politiker. Er tanzt echt wie auf so 'ner pakistanischen Hochzeit. Keine Ahnung, ob das aus dem Herzen kam oder ob er bloß Stimmen brauchte, jedenfalls hat er ewig getanzt, mit 'ner Wasserflasche in der Hand. Er bloß so: »Oslo ist ein Ort für alle!« Na, alles klar, solang es ein Ort für meinen kleinen Bruder ist, sonst muss ich Støre mal anrufen, glaub ich.

Glaub mir, Alter, wenn du Kanake bist, mit 'nem Vater und 'ner Mutter, wie ich sie hab, die erdrosseln dich mit dieser Drag-Queen-Federboa, echt wahr. Die prügeln die Drag Queen aus dir raus! So lange, bis du den ganzen Glitzer auskotzt, Mann! Die können alle Diagnosen, von denen die Schulkrankenschwester erzählt, alle Krankheiten und Fehlsysteme aus dir rausprügeln. ADHS, kein Ding, ein kleiner Gruß vom Besen und schon bist du gesund. Ende der Diskussion! Homophilie, Biphilie, diese Philie, jene Philie, die können alles aus dir rausprügeln, Bruder, kein Ding. Viele Ausländereltern haben ihre Hausaufgaben gemacht.

Wir haben 'nen Papa, dem es megawichtig ist, mit geradem Rücken durchs Leben zu gehn und seinen Mann zu stehn. Was wird das mit ihm machen, Bruder? Er wird brutaaal ausrasten. Er wird *sooo* voll depri werden. Hoffentlich füllt er sein Taxi nicht mit Mercedes-Abgasen und macht Selbstmord. Ich hab im Fernsehn gesehn, dass das echt geht. Bevor die Abgase das Auto komplett ausfüllen, wird er rufen: »Ich bin nicht nach Norwegen gekommen, damit einer meiner Söhne sich als eine Tochter ’rausstellt.«

Unser Vater ist sein Leben lang Taxi gefahren. Er kennt die Welt da draußen nicht besonders gut, er arbeitet, kommt nach Hause, arbeitet, kommt wieder nach Hause. Wie ’n Uhrwerk. Außerdem arbeitet er mit vielen Pakistanis zusammen, und du weißt, Bruder, die Leute reden. Papa sagt immer zu uns: »Dass ich ja keine Klagen über euch höre. Vergesst nicht, dass ich meine Augen überall hab.« Und das stimmt. Die Taxifahrer haben nicht so viel zu tun, sie vertreten sich vor ihren Taxis die Beine, sehn und hören alles, basteln sich ihre eigenen Theorien. Halt so: »Was ist eigentlich mit der Familie da, was ist bei denen in der dritten Etage los, da in dem Hochhaus?« Ihre Frauen genauso, die meisten von denen arbeiten nicht so wie Mama, die stehn den ganzen Tag auf’m Balkon und denken: ›Was ist eigentlich mit den Shaguftas? Was ist mit der mit den drei Kindern, der mit dem gelben Kinderwagen, der mit der braunen Lederweste?‹ Bruder, die wissen echt alles, mischen sich in alles ein. Die sind die reinsten Walkie-Talkies, Bruder. Die haben selber ’nen ganzen Sack voller Probleme, aber das behalten sie für sich, die stecken ihre Nasen lieber in die Problemsäcke von andren. Weil das ist spannend, das ist live, weißte. Da passiert was direkt vor ihren Augen, besser als ’ne Fernseh-Soap, das is’ Drama im echten Leben, da willste echt nicht wegzappen. Big Brother vor der eigenen Haustür, Digga.

Ich geh auf Google, tippe »im falschen Körper geboren«. Das gibt sooo viele Treffer, ich weiß gar nicht, wo ich anfangen soll. Manche wolln so ’ne Hormonbehandlung, da kriegt man Minimöpse. Man muss auch Medikamente nehmen, damit man keine Jungsstimme bekommt. Und, wichtig, man muss auch Medikamente nehmen, damit man keinen Bart und keine Haare auf der Brust und so kriegt, wie das viele Kerle haben. Aber dann denk ich, Ali ist noch so jung, das alles kann ich auch später noch googeln.

Auf einmal fallen mir Dinge auf, über die ich bisher nie nachgedacht hab. Ali steht nicht auf Mumble Rap und Rock, bloß auf romantische Songs aus Disney-Filmen. »Let It Gooo« und »Into the Unknown« aus *Die Eiskönigin*, ein paar der Songs von Vaiana plus dieses Lied, das Jasmin im *Aladdin*-Film singt. Jetzt kapier ich plötzlich. Er will nicht Aladdin sein, er will Jasmin nicht an die Titten fassen. Er will Jasmin *sein*. Ich hab gedacht, dass er Barbie und Elsa mag, weil sie so heiße Chicks sind. Und Vaiana ist 'ne Prinzessin mit dunkler Haut und megaschön dabei. Also hab ich gedacht, weil er auch braune Haut hat, ist er vielleicht in sie verknallt. Und dass er all dieses Zeug so gern mag, na ja, ich dacht, er will 'n Mädchen aus seiner Klasse beeindrucken und guckt das deshalb an. Damit sie Gesprächsstoff haben, weißte? Das Mädchen hätt dann so was gesagt wie: »Ali, mega, wie viel du über Elsa und Vaiana weißt! Find ich cool!« Und dann hätt sie plötzlich gesagt: »Ali, komm doch mal zu mir nach Hause, dann zeig ich dir meine My-Little-Pony-Sammlung und meine Disney-Prinzessinnen!« Hallooo, so was von romantisch! Sie hätten sich die Sammlung angeguckt und sich dann geküsst, so ganz vorsichtig, wie man das halt in der Grundschule macht. Aber nein, jetzt check ich's! Ali will *selber* eine der Prinzessinnen sein.

Bruder, das ist noch längst nicht alles. Wenn wir im Einkaufscenter sind, will Ali immer in diesen Dekoladen und an den Lavendelkerzen schnuppern. Er liebt die Teetassen, die Mama auf'm Flohmarkt gekauft hat. Und dieses süße türkische Gebäck, das ist sooo 'n Weiberkram. Bruder, alle Jungs im Viertel lieben Fußball, kapierste? Alle träumen davon, Profi zu werden und so 'ne fette Villa für ihre Mutter zu kaufen. Alle wolln eigentlich hier weg, weg von der Armut, wo die Eltern jeden Tag das Geld zählen und hin und her rechnen, plussen und minussen, um rauszukriegen, was sie sich leisten können und was nicht. Wir sind dran gewöhnt. Unsre Geburtstagsfeiern sind nicht grad teuer. Also nicht so Indoor-Spielplatz für viertausend Kronen, Bro. Nee, die Kids, die von hier wegwolln, sind bei jedem Wetter draußen, die spielen und kicken und schlagen Finten. Und tun so, als wären sie Ronaldo oder Messi, Dybala, Neymar oder Mbappé. Aber nicht mein Bruder, Mann. Er hat immer andre Dinge am Laufen.

Und auch wenn ich an so Kleinkram denk, er streckt die Hände so aus, wenn er Mama zeigen muss, ob unsre Fingernägel sauber sind, nicht so »Fäuste vor«, wie Jungs das machen. Er liebt es, mit Mama Tragödien im Fernsehn zu gucken. So pakistanische, wo's immer nur um Weiberprobleme geht. Ali kennt alle Hochzeitslieder aus den Bollywood-Filmen, alle Festlieder, die meisten romantischen Songs kennt er auch. Er liebt Mamas Schmuck, wenn sie zum Abendessen eingeladen ist und sich hübsch macht. Er ist immer der Erste, der zu ihr sagt: »Oie, Mama, du siehst schön aus!« Echt, Bruder, ist mir scheißegal, wie meine Mutter auf irgend'ner-Feier aussieht. Mir fällt das gar nicht auf, ich mein, weshalb sollt mir das auch auffallen? Schon als Ali noch ganz klein war, hat er Mama gern zugeguckt, wie sie ihre schicken Klamotten anzieht, sich ’ne Kette um den Hals legt, so Armbänder anzieht und Ohrringe und Kopfschmuck. Damit sieht Mama aus, als ob sie direkt aus ’nem alten indischen Film käm, das ist so Tadsch-Mahal-Schmuck, weißte. Und dann ist Mama ganz verzückt, sagt so: »Meinem Sohn fällt einfach alles auf. Er wird seine Ehefrau glücklich machen, wenn er mal groß ist und heiratet.« Tja, sie weiß nicht, dass Ali am liebsten selber Ehefrau werden will, Bro. Als Mädchen ist er bestimmt hetero, das heißt, dann wird er … Ich check gar nichts mehr, ich bin so was von verwirrt, Mann! Das einzige legit Lesbenpaar, das ich je gesehn hab, da hatte die eine riesige Hände, mit denen sie easy ’ne Kokosnuss zermalmt hätte, und ’nen richtigen Herrenschnitt, an den Seiten so rasiert, und krass viele Schlangentattoos. Ihre Freundin, mit der sie Händchen hielt, war so schmächtig mit langen Haaren. Man konnte gleich sehn, wer die Chefin war, verstehste, was ich mein?

Bruder, viel zu viele Gedanken. Was soll ich jetzt bloß tun?

Draußen auf'm Flur hör ich Papa. Er bricht zu seiner zweiten Schicht auf oder so. Wahrscheinlich hatte er 'n bisschen Zeit, um in der Küche mit Mama zu diskutieren, und Mama hat wahrscheinlich zurückdiskutiert, so wie immer bei den beiden. Der Onkel ist auf'm Sofa eingeschlafen, auch gut. Socializing pack ich grad nicht, mit irgendwem labern zu müssen. Ich geh zu Mama in die Küche und sag ihr, ich bin draußen. Ich will schon verschwinden, mit ungewaschenem Gesicht, da sagt sie: »Wasch dir wenigstens dein Gesicht und putz dir die Zähne, bevor du rausgehst.«

Bro, ich gehorch ihr, komm aus'm Bad, Papa ist schon weg. Treppe runter. Der Aufzug tut's ja nicht, also gibt mir die Treppe 'n bisschen Zeit zum Denken, weißt schon. Der Kopf kühlt ab. Wenn's für mich schon 'n Schock ist, wie wird's dann für Papa und Mama sein? Echt jetzt, so was liest man im *Dagblad* oder auf der Website der *VG*. So was wie: ›Alexander erzählt Papa, dass sie nie ein Junge war‹. Und dann ist da so 'n Bild von der glücklichsten norwegischsten Familie mit Jagdhund, der vorm Sofa sitzt. Stell dir vor, wir kommen ins *Dagblad* oder in die *VG*, Mann! Da wär Erna

Solberg stolz auf uns. In breitestem Dialekt würd sie dann sagen: ›Es geht bergauf mit unsrem Land und auch mit der Integration. Diese Familie ist ein gutes Beispiel dafür. Sehen Sie nur, wie diese Pakistanis Reis essen und Limonade trinken wie eine ganz normale, glückliche Familie – zusammen mit Alia, früher Ali.‹ Und klar, ich hab 'nen Mahmoud-Pulli an, ach was, wir alle haben Mahmoud-Pullis an. Bloß Ali nicht, der ist jetzt 'n Mädchen und trägt 'n Mahmoud-Kleid. Läuft!

Was ist besser, als seinen einzigen Freund zu treffen? So nice, dass ich Arif, den Einäugigen, hab. Ich schwör, wo er auch ist, was er auch sagt, er ist mein Bruder, klar? Ich lieb den Penner, wir haben schon als Kinder abgehangen, Alter. Egal, was ist, kaum seh ich sein irres Gesicht, werd ich froh. Nicht, weil ich da etwa zwei Augen seh, sondern weil er 'n Freund ist, immer gut, wenn er in der Nähe ist. Er ist halt da. Das ist das Wichtigste. Er hat mich, ich hab ihn. Mehr braucht's nicht.

Ich klingel beim Somali. Ich brauch 'nen Buddy an meiner Seite, der muss gar nix sagen, bloß da sein. Fadumo, die kleine Schwester vom Somali, macht auf. Sie sieht aus wie Arif, bloß mit zwei Augen. Eigentlich sehn alle Somalis gleich aus, find ich, aber das ist wohl meine Sicht der Dinge. Die denken sicher auch, dass alle Pakis gleich aussehn. Ich find ja sogar, dass alle Norweger einander ähneln. Kapierst du? Arif hat gecheckt, dass ich's bin, wer sonst klingelt schon bei ihnen? Es kann nur ich sein, der Trottel aus dem elften Stock. Er tritt auf die Türmatte.

»Was los, Brudi?«

Wir geben uns so 'n Bro-Hug. Diesmal, muss ich sagen,

fühlt sich die Umarmung doppelt warm und behaglich an, Mann! Arif schlüpft in Flip-Flops, kommt mit raus. Wir gehn zur Bank. Setzen uns, chillen. Während wir so chillen, kommt einer von seinen vielen kleinen Brüdern raus, er hat 'ne Dose Pepsi Max für jeden. Ich leg so die Hand aufs Herz und sag Danke. Die Dose ist wie 'n Wunder, eiskalt und himmlisch.

Wir hängen rum und trinken, rülpsen 'n bisschen. Sagen nicht viel. Kann man Arif so was erzählen? Nee, lieber noch nicht! Ich weiß auch nicht, ob er's überhaupt checkt, er ist nicht so der Klügste. Glaub eher nicht, dass der mal an die Uni geht, aber kann man nie wissen. Plötzlich würgt er 'n bisschen Pepsi-Schleim hoch, spuckt ihn zurück in die Dose, weil die hat er schon leer getrunken. Dann sagt er: »Brudi?« Ich wie immer: »Was los, Brudi?« Vor Arif ist man echt nie sicher.

»Brudi, ich hab den gaaanzen Sommer gegrübelt.«

»Worüber?«, frag ich ruhig.

Ich muss geduldig sein, er hat mir Zeit gegeben, ich muss ihm Zeit geben.

»Brudi, na ja … ich hab gegrübelt, warum …«

»Was denn, Mann, was? Sag schon, spuck's aus.«

»Warum findet man, dass … also, dass die eigene Scheiße … gar nicht so … schlimm stinkt?«

Hör mal, ich trink doch grad noch 'nen schönen eiskalten Schluck Pepsi, Mann. Wegen Arif hab ich jetzt Pepsi in der Nase und von da läuft sie wieder in den Mund! Ich hust und hust, geb ihm 'n Zeichen, dass er mir auf'n Rücken klopfen soll, bevor ich noch verrecke! Echt jetzt, erst der eine, dann der andere. Ich schwör, ich muss hier weg, bevor ich völlig weich in der Birne werd. Einer erzählt mir, er ist im falschen Körper geboren, der andere grübelt, warum die eigene Scheiße nicht so schlimm stinkt. Der Onkel sieht Afrikaner und fragt, ob die wirklich so schwarz sind und ob norwegische Ärsche wirklich so rosa sind, Mama droht mir mit Schlappendresche, Papa sagt, wir solln den Rücken gerade halten und wofür er alles nicht nach Norwegen gekommen ist. Bro, finden die das witzig? Keiner nimmt Rücksicht auf Mahmoud, keiner fragt Mahmoud, wie's Mahmoud geht. Warum verarschen mich eigentlich alle?!

Aber scheiß drauf, ich lach drüber, Bro! So krass hab ich schon ewig nicht mehr gelacht. Ich krieg Bauchweh, aber auf 'ne gute Art. Statt Arif mit'm Turnschuh eine zu verpassen, geb ich ihm High Five, gleich so mehrere Male! Ich sag: »Du hast echt keine Ehre, Mann! Du bist der Beste! Brudi, genau das hab ich gebraucht! Ischliebdisch, Brudi, boah, was lieb ich dich. Wallah!« Ich küss ihn so mehrmals auf die Stirn.

»Häh, was los?«, fragt Arif.

»Bruder, ich lieb es, die Welt durch deine Augen zu sehn. Oder, na ja, durch dein eines Auge halt.«

Jetzt haut er mich.

»Verdammter Paki! Pass auf, was du sagst!«

Ich versuch ihn zu stoppen, aber er schlägt mir weiter auf den Hinterkopf.

»Hör auf Bro, ich wollt nett sein, Mann!«

»Ich weiß, aber du verdienst es nicht anders. Du widerlicher Paki, du!«

Das Ding mit Arif ist, dass er wie so 'n Philosoph ist, der dir direkt ins Hirn fährt, auch wenn du's nicht willst, manchmal überrascht er dich so krass, dass du's nicht vergessen kannst. Manchmal sitzt du hinterher noch ewig da und denkst über das nach, was er gesagt hat. Das ist total irre. Aber ich grüble wirklich hart, weil er hat recht. Während andre finden, dass deine Scheiße zum Himmel stinkt, hockst du jetzt nicht unbedingt da und stirbst am Gestank, oder? Was Arif gesagt hat, ist eigentlich echt tiefsinnig.

Wenn ich mal im Sterben lieg, verarsch ich meine Family so richtig. Ich werd alle um mich versammeln, meine Kinder und meine Enkel, und dann ich so zu denen: »Kommt mal her, ich will 'ne Lebensweisheit mit euch teilen.« Und dann denken die bestimmt: »Hey, Opa will 'nen tiefen Gedanken mit uns teilen oder vielleicht Geld.« Und dann flüster ich: »Denkt immer dran, Kinder, die eigene Scheiße stinkt nicht so schlimm!« Und dann schließ ich die Augen und sterb. Die werden mich ihr Leben lang hassen! Die werden denken: »Mit was für Leuten hat Opa eigentlich rumgehangen?« Die wissen nicht, dass das Arif der Einäugige war. Von Arif lernt man echt was, Mann! Und was man einmal von ihm gelernt hat, bleibt für den Rest des Lebens auf der Festplatte. Arif müsste 'n Philosophiebuch schreiben, Alter!

Die halbe Stunde mit Arif war genau, was ich gebraucht hab. Die besten Freunde sind die, mit denen du über alles lachen kannst, selbst wenn's gar nicht so lustig ist! Ich klopf Arif ordentlich auf'n Rücken und dann steig ich die Treppe hoch in den elften Stock.

Eines Morgens weckt mich Mama, ich schau zum Bett auf der andren Seite des Zimmers und Ali ist nicht da. Schon werd ich nervös, ich muss rausfinden, wo er ist, was er macht und so.

»Wo ist Ali?«, frag ich Mama.

»Wie bitte? In deinen fast sechzehn Jahren hast du noch nie gefragt, wo er ist oder was er tut, warum fragst du jetzt auf einmal? Ist endlich der große Bruder in dir erwacht, oder was?«

Hallo, was geht denn jetzt, warum ist Mama so früh am Morgen schon so streng drauf? Ich werd nervös. Sie guckt mich an.

»Ich hab nur Spaß gemacht, er sitzt im Wohnzimmer und frühstückt zusammen mit Papa und Onkel Ji. Komm mit, ich hab Paratha mit Ei gemacht.«

Paratha ist so 'ne Art Chapati mit tonnenweise Butter drauf, das schmeckt so geil, das kannste dir nicht vorstellen! Die Butter schmilzt einfach. Dann noch mit Eiern und Pfeffer drauf, das ist 'n Fest, Alter. Ich also ins Wohnzimmer, gleich rüber, ohne auch nur in den Spiegel zu schaun. Paratha ist geil, nicht geil wär allerdings, wenn mein kleiner Bruder Papa oder Onkel Ji oder Mama gegenüber quatscht. Als ich ins Wohnzimmer komm, sitzen sie still am Tisch und essen. Hoffentlich ist Ali schlau und weiß noch, was sein großer Bruder gesagt hat. Das ist das Wichtigste. Hätt er was gesagt, säßen sie nicht so ruhig zusammen. Sonst wär hier jetzt 'n pakistanisches Chaos-Frühstück, dann wären Teller geflogen, Blut geflossen oder so, was weiß ich denn.

Ich zwinker Ali zu, er lächelt. Ich setz mich neben ihn. Alles gut, kein Grund, nervös zu sein. Wir alle essen Paratha mit Ei, trinken pakistanischen Chai mit Honig drin. Bestes pakistanisches Frühstück ever. Plötzlich hör ich Papa sagen:

»Heute nehm ich frei, ich brauch ein bisschen Zeit mit meiner Familie. Lasst uns einen Ausflug machen. Nach dem Frühstück geht es los. Ich muss den Kopf mal frei bekommen, die ewige Taxifahrerei macht mich noch verrückt. Wird schon keiner sterben, wenn ich mir mal eine kleine Auszeit gönne.«

Ich dacht schon, Papa sagt: »Ich bin nicht nach Norwegen gekommen, um immer nur zu arbeiten«, aber so was würd er natürlich nie sagen, Bruder. Aber echt mal jetzt, keiner wird dran sterben, wenn Papa mal 'ne Pause einlegt. Er hat schon lange nix mehr mit uns zusammen gemacht. Als ich jünger war, sind wir 'n paarmal in den Ekebergpark und zum Holmenkollen, da haben wir gegrillt und uns Kricketbälle zugeworfen. Aber ansonsten hat Papa echt immer nur gearbeitet. Klar, das Leben kostet Geld, Alter. Alle müssen arbeiten. Kein Wunder, dass Papa im Taxi hockt und versucht, Kohle ranzuschaffen. Aber jetzt wird's Zeit, einen auf Family zu machen. Papa, Ausflug, Family, fuck, ich bekomm 'nen Kloß im Hals. Weil jetzt bin ich fast sechzehn, die Zeit vergeht wie im Flug. Man muss was zusammen unternehmen, solang's noch geht. Plötzlich sitzt man da und ist erwachsen quasi. Ich werd grad voll von Kindheitserinnerungen geflasht.

Papa erklärt dem Onkel, dass wir nach *Verdens Ende* fahren. Das ist so 'n Aussichtspunkt am Meer und heißt übersetzt »Ende der Welt«. Schon beginnt der Onkel, zu Allah im Himmel zu beten, der Name klingt für ihn gefährlich und brutal! Alter, auf Urdu sagt man *Duniya Ka Aakhri Kona* und das klingt einfach mal megadüster, so voll so bedrückend halt. So DUUUNIYAAA KA AAKHRRRI KOOONAAA, als ob 'n Dschinn das sagt oder der Teufel persönlich mit so dunkler, tiefer Stimme wie im Film, Mann! Alle lachen, weil, du hast ja keine Ahnung, aber auf Urdu klingt der Name echt brutal. Wie 'n Vorzeichen für 'n Jüngsten Tag.

Papa steht auf, schreit »Au!« wegen seinem Rücken und sagt dann gelassen: »Geld kann man auch morgen noch verdienen. Aber Zeit mit der Familie bekommt man nicht immer.«

Ganz ehrlich, als ich seh, wie er vom Tisch aufsteht, krieg ich Tränen in den Augen, aber ich halt sie zurück. Denn plötzlich stell ich mir all die Taxifahrer vor, die im Auto sitzen und auf Kunden warten, stell mir Papa vor, der auch da sitzt und wartet und wartet. Tag für Tag. Und das tut er, weil wir Eier und Milch und Brot brauchen, Mann! Früher konnte man mit Taxifahren fett Kohle machen, aber heutzutage ist es seeehr wenig, Mann. Papa hat mal erzählt, früher war Taxi fahren voll posh, man fuhr 'n gutes deutsches Auto und saß bequem. Die Zeit ist auch immer schnell rum gewesen, man hat nonstop mit wem gequatscht, quasi nie auf die Uhr geguckt. Aber jetzt, ey, frag besser nicht! Nur mit viel Glück kriegste ab und zu ’ne Langstrecke, das bringt Cash in die Kasse. Gut, dass Papa grade so ’n bisschen aufs Taxi scheißt, vielleicht sehnt er sich auch danach, Zeit mit seinem Bruder zu verbringen. Ihm alles zu zeigen und so. Obwohl ich ihm ja schon fast alles von Oslo gezeigt hab, aber trotzdem nice, wenn der kleine Bruder noch mal den Tourguide spielt. Ihn in ’ner dicken deutschen Karre mit Tempomat rumchauffiert. Langstrecke ohne Geld dafür, aber Langstrecke als Family Time.

Mama macht schnell ’n paar Naans, sie ist wie The Flash, Mann, das geht bei ihr zack, zack. Dazu macht sie ’ne Suppe mit Kichererbsen, die ist meeegalecker, das kannst du dir nicht vorstellen. Wir füllen noch ’n paar leere Limoflaschen mit kaltem Wasser und schon sind wir startklar. Naan und Suppe packt Mama in so ’ne Thermo-Lunchbox. Die hält das Essen warm. Keine Trekkinghosen, kein Zelt. Nur Essen und los. Nice, Mann. Pakis unterwegs, Bruder, das heißt essen, anschaun, was man anschaun will, wieder zurückfahren.

Alle ziehen sich an, ich pass auf, dass mein kleiner Bruder sich keinen Nagellack oder so ’n Scheiß draufmacht, sondern einfach nur normale Jungssachen nimmt. Der Onkel will keine Shorts oder Jeans haben, er bleibt bei seinem komfortablen Korrupter-Paki-Politiker-Style, Mister Moustache halt.

Wir also runter in die Tiefgarage, Ärsche in die dicke, deutsche Karre und los. Irgendwie gemütlich, echt norwegisch gemütlich halt. Keine Ahnung, wann Papa das letzte Mal 'nen Tagesausflug mit uns gemacht hat, sonst war's immer nur 'ne Fahrt zum asiatischen Supermarkt, um Reis, Zwiebeln, Knoblauch, Gewürze, Chilis und Fleisch zu kaufen. Den Rest der Zeit werden mit dem Auto nichts als Kunden transportiert.

Der Onkel bittet Papa, 'n paar Songs aus ihrer Kindheit und Jugend anzumachen. So ruhige Lieder, megachilliges Hörerlebnis, so tiefgründige Songs halt über Liebe und so 'n Kram. Ischwör, außer dem Vulkan in meinem Herz und Magen, weil ich nämlich echt Schiss hab, dass Papa das mit Ali rausfindet, ist's im Großen und Ganzen grade voll cool. Wir machen's uns bequem, Klimaanlage an, schaun aus'm Fenster, kriegen Abstand zu allem und jedem. Unsre Hood ist super, aber es gibt auch noch 'n Land außerhalb der Hood, das heißt Norwegen und ist eigentlich richtig schön.

Unterwegs sehn wir haufenweise krasse Landschaft, echt heftig. Ich bin irgendwie noch gar nicht so oft aus Oslo rausgekommen. Als ich neun war, sind wir mal in 'nem Sommerhäuschen in Lillehammer gewesen. Wir sind mit 'ner andren pakistanischen Familie hin, mit der Mama und Papa befreundet waren. Die hatten drei Töchter, Mama und Papa zwei Söhne. Und die Sache ist die, Bruder, die Frau war mit dem vierten Kind schwanger. Sie und ihr Mann haben sich 'nen Sohn gewünscht wie sonst was und wollten, dass Mama und Papa für sie beten und so, und die Frau hat sich voll nah neben Mama gesetzt, weil sie dachte, dann würde Mama sie vielleicht anstecken, damit sie auch 'nen Sohn kriegt. Keine Ahnung, wie das bei norwegischen Frauen ist, aber die Inderinnen und Pakistanerinnen lieben Jungs und träumen davon, Söhne zu kriegen. Jedenfalls hat sie noch ’n Mädchen gekriegt und da ist sie voll ausgetickt und hat Mama angekeift. Sie hat gesagt: »Neben dir sitzen hat mir nix gebracht, du Hexe, bestimmt hast du mich extra nicht angesteckt, du Schlampe!«

Ich lach grade ’n bisschen in mich rein, weil Papa so stolz drauf ist, zwei Söhne zu haben. Der Mann war auch voll sauer auf Papa, der hat die Freundschaft beendet und nur so: »Du hast zwei Söhne, ich krieg nie welche, nur Mädchen. Ich muss was wirklich Schlimmes getan haben, dass ich nur Töchter verdient habe. Irgendwer hat Schwarze Magie gegen mich angewandt!« Manchmal raff ich echt nicht, was bei den Leuten im Kopf abgeht, Alter. Das Kind kann sehn, hörn, riechen, alles normal, Kind gesund. Seid dankbar, verdammt! Außerdem habt ihr die Kinder doch selber gemacht, ihr Idioten. Aber dann schieben sie’s aufs Schicksal und so! Oder auf ihre Frauen!

Papa hält an, um sich an ’ner Tankstelle Kaffee zu holen, er hat da so ’n Abo, wo man ’nen Becher kriegt und mitbringt und dann immer wieder auffüllen kann. Er trinkt ziemlich viel Kaffee, um auf seinen Taxifahrten wach zu bleiben. Grade ist er im Chill-Modus, also dürfen Ali und ich mit rein und uns jeder ’ne Schokolade aussuchen, und obwohl ich schon fünfzehn bin, macht mich das voll happy. Papa, der alte Geizhals, sagt, bevor er auftanken geht, also den Kaffeebecher jetzt:

»Denkt dran, wir sind keine Scheiche aus Dubai, wir sind Arbeiter aus Pakistan. Ich bin nicht nach Norwegen gekommen, um irre teure Schokolade an 'ner irre teuren norwegischen Tankstelle zu kaufen. Also nehmt die billigste Schokolade, die's gibt.«

Manchmal durchbohrt er mit seinen Worten meine Seele. Wir holen zwei billige Tafeln, auf dem Weg nach draußen kommen wir am Zeitschriftenregal vorbei, mit der *Micky Maus*, Autozeitschriften und so. Ali entdeckt 'n Barbie-Heft mit Freundschaftsbändern drin, so in Plastik eingeschweißt und obendrauf geklebt. Er guckt mich an, ich guck streng zurück, der Onkel und Mama warten im Auto auf uns.

»Kann ich Papa fragen, ob er mir die kauft?«

Ich geb ihm so 'n Ich-kill-dich-Blick, jetzt hätt ich echt Bock, ihm eine zu kleben, hatt ich noch nie, aber grade bin ich kurz davor, ihm auf'n Arsch zu hauen, Alter! Das kannste dir nicht vorstellen.

»Ali, denk an unsre Abmachung!«, flüster ich, obwohl ich brüllen könnt wie 'n übelst wütender Löwe. »Sobald ich 'n Stipendium hab, kriegste so 'ne Zeitschrift, aber nicht jetzt, wo wir grade so 'nen gemütlichen Ausflug à la norwegische Familie machen, okay, Kleiner? Willst du, dass Papa umdreht und wir zu Hause verrotten?«

Ali zieht so 'n »Och, schade«-Gesicht. Wie so verwöhnte Blagen, die von ihren Eltern nie eine geschmiert kriegen, weil sie's viel zu gut haben. Ich spür den Druck in meiner Brust, ich bin zwar erst fünfzehn und schlank, aber ich krieg trotzdem Schiss, ist es das Herz, oder was? Ich zwinker ihm zu und mach: »Mwah, ischliebdisch, Bruder, ich mein's nicht böse, aber ischwör, Ali, kein Stress jetzt.« Alter, glaub mir, wenn er Stress macht, kipp ich vom Zapfhahn 'ne Ladung Benzin über ihn und zünd ihn an. Verdammte Scheiße!

Aber ich zeig so Daumen hoch! Schön deutlich, weil grade hat er mir übelstes Eierklappern gemacht, Mann! Fast hätt's zwei Ehrenmorde mitten in der irre teuren norwegischen Tankstelle gegeben.

Nachdem wir die Schokolade bezahlt haben, gehn wir langsam zum Auto zurück. Wir sehen 'ne norwegische Familie aus der Tankstelle kommen mit Chips, riesiger Cola, sauteuren Energy-Drinks, Schokolade, Brötchen, allem. Sie machen's sich auf 'ner Bank drüben auf der Wiese gemütlich, alles in allem kostet der Kram sicher vier-, fünfhundert Kronen. Ich weiß, nicht alle Norweger haben endlos Kohle, die da auch nicht, aber fuck, das Geld, das die verdienen, geht für Freizeit drauf. Papas und Mamas Geld geht an die verdammte Familie in Pakistan, die voller Neid den bösen Blick auf uns richtet und schwarze Magie gegen uns anwendet und so. Für das Geld muss Mama in der Uni Böden schrubben, Papa stundenlang im Taxi sitzen. Guck dir die norwegischen Norweger da an, die auf der Bank chillen, als ob nichts wär! Ich würd gern rüber und mir die Chipstüte schnappen, aber dann sagen sie sicher: »Klauen, typisch Ausländer!« Dann bekämen die Rechten wieder voll Futter, weißte? Mahmoud ist kein Dieb, aber keine Kohle ist echt scheiße! Das tut mir innen drin voll weh, ist halt nicht so cool, immer von der Hand in den Mund leben zu müssen. Irgendwas in mir sagt, ich muss 'nen geilen Job finden, der viel Geld bringt, damit's bei mir mal anders wird. Immer drauf achten, was ich an der norwegischen Tankstelle kauf, wenn ich mit meiner Family 'nen Ausflug mach, nein danke, Mann! Ich versteh Papa und Mama, sie sind nicht hier geboren und aufgewachsen, sie mussten sich erst was aufbauen, aber Digga, *ich* bin hier geboren und aufgewachsen. Mir stehn alle Möglichkeiten offen, solange in meiner Bewerbung kein laaanger und brutal muslimischer Name steht. Bruder, das Leben ist nicht einfach, kein Scheiß jetzt. Die ganze Fahrt über schau ich mir die norwegische Natur an und denk, eines Tages fahr ich auch so 'n fettes Auto, hab 'ne schicke Wohnung. Mach vielleicht Urlaub im teuren Sommerhäuschen, genieß die schöne frische Luft. Kauf tütenweise Snacks und chill mit meiner Familie im Gras und verschwende keinen Gedanken an Zaster, Kohle, Cash.

Papa sagt, wir nähern uns *Verdens Ende*, und schon fängt der Onkel an, laut zu beten und sich und uns anzupusten. So 'n sanfter Windhauch, um uns zu segnen und davor zu bewahren, vom Ende der Welt ins All zu stürzen. Ich krieg 'nen leichten Lachflash. Mama guckt mich scharf an und sagt auf Norwegisch: »Ärger ihn nicht. Er ist dein Onkel. Er hat halt Angst. Also beruhig ihn lieber!«

Und dann wird's voll lustig, wenn die Norweger uns hören könnten, würden sie uns für bekloppt halten, aber wir sitzen im Benz und reißen halt so Witze darüber, dass am Jüngsten Tag alle von der Erde runter ins Nichts geschubst werden. Weil der Onkel glaubt ohne Scheiß, dass *Verdens Ende* das Ende der Welt ist und man im Weltraum landet, wenn man da runterfällt. Denn die Erde ist ja rund, weißte, ne? Er denkt auch, dass man dann einfach da draußen im All bleibt, keiner kann einen hören, keiner kann einem helfen. Ich frag mich echt, wie viele Jahre mein Lederspielzeug herstellender Onkel eigentlich zur Schule gegangen ist, Alter! Er sagt megaspacige Sachen, Mann.

Haha, auf dem Parkplatz steigt er voll vorsichtig aus dem Auto.

»Können wir nicht einfach zurückfahren?«, schlägt er vor. »Wir hatten doch eine schöne Fahrt, da müsst ihr doch nicht so nah ans Wasser ran, oder?«

Und dann so zu sich selber: »Möge Gott mir meine Sünden vergeben, möge Gott auf mich aufpassen. Möge Gott auf mich achten. Möge Gott seine schützende Hand über mich halten. Ameeen.« Und dann pustet er noch einmal über seinen ganzen Körper. Langsam krieg ich doch 'n bisschen Schiss. Auf Google sah das hier voll harmlos aus. Als wir ankommen, sind da 'n paar Touristen, einige grillen, andre machen Fotos, das bringt mich wieder runter. Voll nice hier, echt jetzt, überall Leute, schönes Wetter, der Wind bläst uns ins Gesicht und ist herrlich warm. Wir sitzen auf 'n paar Steinen, trinken Wasser aus den mitgebrachten Flaschen, Mama packt das Essen aus und wir machen uns drüber her, die Kichererbsensuppe ist einfach mal so riiichtig lecker. Wir chillen so 'ne Runde, auch der Onkel hat sich was beruhigt. Aber wir hören nicht auf, ihn aufzuziehn, hauen jede Menge Jüngster-Tag- und Ende-der-Welt-Witze raus. Voll kindisch eigentlich und sogar Papa ist voll am Lachen. Einfach mega. Wir sind entspannt und haben Spaß. Wenn ich drüber nachdenk, Mann, sind wir eigentlich voll die entspannte Familie, wir sind 'ne richtig ruhige, nette Familie, kümmern uns um unsren eigenen Scheiß, gehn keinem auf'n Sack. Ich weiß noch, einmal haben wir den TV-Adventskalender geguckt und da kam dann das Lied »In der Scheune sitzt der Nisse mit dem Weihnachtsbrei«. Wir haben alle versucht mitzusingen, aber es war das reinste Chaos. Jeder hat 'ne eigene Version kreiert, Papas Nisse hat irgendwas Komisches gemacht, Mamas Nisse – weiß man nicht, denn sie hat in total gebrochenem Norwegisch gesungen –, mein kleiner Bruder hat so 'ne Kindergartenversion geplärrt und ich hab in echtem Oslo-Ost-Style performt. Schließlich haben wir alle 'nen Lachflash gekriegt, saßen zu viert auf'm Sofa, haben abgehangen und hatten Megaspaß mit dem Adventskalender. Glaub mir, Alter, der Nisse in unserm Lied war hinterher wahrscheinlich der heftigste Rassisten-Nisse, der nur so: »Verfluchte Pakis, jetzt lasst schon den verdammten Brei rüberwachsen!« Ja, das war echte norwegische Gemütlichkeit, wir haben Pepperkaker gegessen und Julebrus getrunken. Damals kam Papa noch regelmäßig früh nach Hause, hat mit uns gechillt, vielleicht, weil wir klein waren. Und jetzt meint er sicher, da sie älter sind, kann ich auch Tag und Nacht Taxi fahren. Ganz ehrlich, Bruder, ich vermiss die Zeit irgendwie. Manchmal glaub ich, Eltern tun nix andres als arbeiten. Deshalb bin ich so neidisch auf diese glücklichen norwegischen Familien. Die immer von so Werbeplakaten runterstrahlen, Werbung fürs Legoland, für den Freizeitpark Tusenfryd, für die Fähre nach Dänemark. Immer zu viert, immer happy, weiße Zähne, hübsche Gesichter, freudiges Lächeln, alle gucken sich an, alle so am Händchenhalten, als ob sie nicht wissen, was Sorgen sind, echt ma, Bruder. Die Penner.

Alter, echt, mit Ali als Mädchen sind wir 'ne vierköpfige pakistanische Familie wie auf den Plakaten. Wenn sie uns wolln, dann können sie uns haben. Mama hat tolle Zähne, ich und mein kleiner Bruder auch, aber Papa muss seine bleichen lassen, der hat gelbe Zähne, trinkt halt viel Kaffee, weißte! Wenn Papa weiße Zähne hat, können wir zusammen so 'n perfektes Bild machen. Wo alle sich angucken und superhappy sind. Ob das irgendwann passiert? Logisch, Mann!

Wir chillen, betrachten *Verdens Ende* von allen Seiten, die volle Gemütlichkeit, und hauen dann wieder ab.

Papa will wieder die Musik vom Hinweg anmachen, find ich ziemlich lame, aber meinste, man sagt einfach zu Papa: »Hey, Papa, können wir mal 'n bisschen House auflegen? Halt so was Basslastiges?« Dann würd er wieder sein übliches Statement auspacken: »Glaubst du, ich bin ins kalte Norwegen gekommen, um mir die Gehirnzellen mit Dumdum-du-dum-Musik zu zerstören? Nein, wir hören pakistanische und indische Klassiker, das ist noch echte Musik.« Traut man sich, was zu sagen? Nee, da hält man besser die Klappe, ischwör, Bruder.

Ali hat sich gut benommen, also außer an der Tankstelle halt. Aber jetzt, wo das Auto zurück nach Oslo fährt, back to daaa hoood, sieht er die Tankstelle wieder, fährt fast aus dem Sitz und zeigt laut rufend drauf: »Guck mal, Bhai, der Laden mit dem Barbie-Heft, da!« Papa dreht sich um, selbst wenn er beim Fahren den Tempomat drin hat, von selbst lenken kann sich sein deutsches Taxi nicht. »Ali, bleib sitzen. Wenn ich scharf bremsen muss, schlägst du dir alle Zähne aus! Und was für ein Barbie-Heft?! Aus dem Barbie-Alter bist du doch raus? Hä?«

Und dann guckt er in den Rückspiegel und redet mit Mama. »Zubaida, wovon spricht dein Sohn da? Pass bloß auf ihn auf, die ganze Zeit nichts als Barbie. Es ist deine Aufgabe, ihm das langsam abzugewöhnen.«

Dabei wird er 'n bisschen lauter, Mama sagt nix dazu. Sie

ist clever, denkt sich wahrscheinlich: ›Was würde es bringen, die Stimmung in ’nem voll besetzten Auto zu versauen?‹ Ali setzt sich ruhig hin und schaut mich an. Ich geb so ’n Zischlaut von mir, heb den Zeigefinger und werf ihm voll den strengen Blick zu. Papa redet einfach weiter.

»Ich arbeite Tag und Nacht, du bist mit den Jungs zu Hause, sorg dafür, dass er ein richtiger Sohn-Sohn wird, kein Muttersöhnchen. Muttersöhnchen will niemand heiraten. Er muss selbstständig werden, Zubaida!«

Was geht’n jetzt ab?!? Erst will Mama was sagen, aber dann überlegt sie’s sich und denkt sicher, sie wartet, bis sie später im Schlafzimmer sind, da kann sie ihn in Ruhe ankacken. Jetzt grade ist unser Gast dabei, Mama hält Ali bloß bei der Hand und sieht ihn streng an. Der Onkel sitzt einfach nur ruhig da, er mischt sich nicht ein.

Gut, dass alle die Klappe halten! Sonst hätt Papa sicher so ’nen Spruch rausgehauen, so ’n Bullshit wie: ›Mahmoud, meinst du, ich hab mein Land in Pakistan verkauft, ’n Ticket nach Norwegen besorgt und euch zwei uneheliche Kinder einer unehelichen Frau gekriegt, damit dein kleiner Bruder immer nur von Barbie, Barbie, Baaarbie plappert? Habt ihr mal die Jungs der andern gesehen? Mächtiger Brustkorb, richtige Muckis, gerader Rücken, die sehn aus wie echte Jungs, bewegen sich wie echte Jungs, benehmen sich wie echte Jungs! Dein kleiner Bruder redet komisch, bewegt sich komisch, sitzt komisch, macht so komische Gesten! ICH MACH MIR SORGEN!‹

Also, so hätt er’s jetzt nicht gesagt, aber Stress hätt er schon gemacht. Papa will uns in seine kleine Welt einführen, so voll stolz seiner Taxi-Community präsentieren: ›Das sind meine Jungs, schaut mal, wie prächtig, schaut mal, wie höflich, richtige echte Jungs halt.‹ Du fühlst dich wie so 'n Hündchen auf 'ner Hundeausstellung, wenn wir 'nen Bekannten von Papa treffen, im Einkaufscenter oder im Mini-Markt, flüstert er uns immer streng zu: »Rücken gerade! Denkt dran, mit beiden Händen grüßen und ordentlich Assalamu alaikum sagen, oie! Macht bloß keine Fehler jetzt!« Grade denk ich, Ali macht ihn garantiert nicht stolz.

Die restliche Fahrt läuft halt so lala, Bruder, die Stimmung ist 'n bisschen im Keller, aber wir werden's überleben. Was mit fröhlichen Gesichtern und Gelächter angefangen hat, endet mit finsteren Mienen, Gekeife, Streit und Diskussionen, Mama wird darauf später im Schlafzimmer sicher ihre eigene Antwort haben. Vielleicht sind wir wohl doch nicht ganz so die entspannte Familie, manche Familien kriegen's einfach nicht hin, da gibt's Explosion statt Entspannung.

Wir parken das Auto in der Garage, ich trag das wenige, was wir dabeihaben, die Treppe rauf. Klar mach ich wieder den Sklaven. Wer sonst? Weißte doch, ich bin der Packesel. Auf dem Weg in die Wohnung sagt Papa zu mir: »Sohn, ehe du wieder wie ein Zombie am Handy klebst, komm her und massier mir den Rücken! Ich bin kaputt nach der langen Fahrt.«

Papa legt sich auf den Boden, ich zieh halt meine Sneaker aus, laufe über seinen Rücken. Während ich auf ihm rumgehe, denk ich so: ›Vielleicht sag ich's ihm jetzt, grade hat er den Kopf unten, kann mir keine klatschen, zumindest nicht direkt, der Rücken tut ihm weh, er braucht 'ne Weile zum Umdrehen, bis dahin bin ich längst abgehauen und hab mich versteckt.‹ Aber dann denk ich, bei pakistanischen Eltern weiß man nie, immer wenn sie einem eine verpassen wolln, werden sie auf einmal megaschnell, schneller als ’n Tiger, Mann. Die werden voll zum Jaguar, Bro! Wenn pakistanische Eltern austicken, ticken sie völlig aus, sie haben die Schnauze voll vom Leben, Mann, reißen sich für dich den Arsch auf, haben dich immerhin gekriegt, also hast du Respekt vor ihnen zu haben, musst auf sie hören, die wolln keine frechen Widerworte-Kinder, da kriegst du eine geschmiert, Digga! Also nicht alle pakistanischen Kids, ich aber schon, ich sag’s dir. Deshalb halt ich doch lieber die Fresse, während ich auf Papas Rücken steh. Lauf auf seinem Rücken auf und ab, bin seine kleine Thai-Massage-Dame, und als er »Gott segne dich dafür, dass du den Rücken deines alten Vaters massierst« sagt, steig ich runter.

Bevor ich ins Bett geh, geb ich Ali zwei Küsse auf Stirn und Wange, sag ihm, dass ich ihn lieb hab, er guckt mich an und lächelt. Eigentlich will ich ihm sagen, dass er voll das Chaos gemacht hat, aber ich lass es, weil ich will ihn halt nicht deprimieren, Bruder. Kein Scheiß jetzt. Er ist ja noch klein. Und ich will nicht, dass er in so schwere Gedanken verfällt, die sind nämlich wie der Treibsand in der *Micky Maus*, Mann, der zieht dich immer weiter in die Tiefe. Aber jetzt bin ich echt heftigst müde. Fast wär die Fahrt nach *Verdens Ende* wirklich das Ende meines Lebens gewesen, verstehste, was ich mein?

Am nächsten Tag werd ich wie üblich zum Laden geschickt, um Brot zu kaufen und Lomper für den Onkel. Seltsame Integration, Alter. Lachs mag er nicht, er findet, der schmeckt und riecht komisch. Der einzige Fisch, den er runterkriegt, ist der legendäre norwegische Fisch, den sich die meisten Ausländer leisten können, Kabeljau im Angebot.

Ich nehm meinen kleinen Bruder mit zum Laden, gute Gelegenheit, mit ihm zu quatschen. Unterwegs erklär ich Ali, dass es 'n bisschen dauern wird, bis Papa versteht, was mit ihm los ist oder was mit seinem Körper passiert, aber jetzt müssen wir erst mal wir selber sein. Na ja, nicht ganz wir selber, noch nicht. Wenn der Onkel weg ist und sich die Dinge beruhigt haben, kann Ali gern er selber sein, aber bis dahin muss er erst mal Ali bleiben.

»Verstehste, Kumpel, oder?«

Ich brüll fast, bin ziemlich gestresst. Verdammt noch mal. Ich erklär ihm das mit dem Barbie-Heft und so, er nickt. Sagt, er versteht's.

»Aber Papa regt sich eh über alles auf, Bhai!«

Wir suchen zusammen, was wir brauchen, gehn zur Kasse

und warten so minimal länger als sonst, weil der Inder und der Sri-Lanker hinter dem Tresen den Barcode fürs Bœuf Stroganoff nicht finden. Eine alte Frau will zwei Packungen davon kaufen, aber diese Loser kriegen's nicht hin. Der eine sagt »Bœuf Stragraaanonoff«, der andre sagt: »Nein, das heißt Bœuf Starganoff!« So geht's eine Weile weiter, Alter, bis schließlich 'n andrer Norweger mit 'nem Einkaufswagen voller Bier die Nase voll hat und versucht, zu helfen. Er kann sich kaum auf den Beinen halten, aber findet das verfluchte Bœuf für sie, kapierst du? Das waren zehn bis zwölf Minuten von meinem Leben, die ich nie zurückkrieg – und alles nur wegen Bœuf Storgaroff. Kein Wunder, dass wir keine Kohle haben, das zu kaufen, wir schaffen's ja nicht mal, den Namen von diesem verdammten Essen auszusprechen!

Auf dem Rückweg sehn wir einen der Jungs aus dem Block, Khalid aus Marokko, elf Jahre alt, in so 'nem Superman-Kostüm mit rotem Umhang und voller Ausstattung und so. Sein Vater zieht ihn am Umhang hinter sich her und Khalid versucht abzuhauen, aber sein Vater wirbelt ihn um sich rum, während er ihn ausschimpft, auf Marokkanisch oder Arabisch, was weiß ich denn. Ich schwör dir, ich dacht, Superman ist 'n harter Hund, aber heute muss Superman gegen 'nen Superschurken antreten, seinen Alten, zwischen dem ganzen Geschimpfe schlägt der ihn, weißt schon, eine hier, eine da. Und dann, nach 'ner Weile, beruhigt Khalid sich, rückt den Umhang zurecht und geht mit seinem Vater nach Hause. Er starrt auf'n Boden, der wird sicher nie mehr in so 'nem Superman-Kostüm rausgehn. Traut sich nicht, jemandem ins Gesicht zu gucken, weil er weiß, die Leute sind stehn geblieben, haben gesehn, wie er ’ne ordentliche Tracht Prügel kriegt, sogar auf den Balkonen stehn sie und beobachten, wie Supermans Eier über den Boden kullern.

Manchmal passieren spacige Sachen bei uns, Alter, so voll irres Zeug halt. Manchmal ist hier richtig Action. Leute aus allen Ländern und Kulturen. Ich erinner mich noch, wie die Serben und Albaner mal voll Chaos gemacht haben. Die kamen mit Messern, Taschenmessern, Küchenmessern, Macheten, Baseballschlägern, die hatten alle Waffen dabei, die’s auch bei GTA gibt, die wollt’n sich so ’n bisschen abschlachten. Ich dacht, gleich gibt’s ’n Blutbad, die Straßen werden mit Blut überflutet, so ’ne Balkan-Version von *Game of Thrones* halt. Da waren Frauen bei, ältere Typen, sogar Kleinkinder! Voll das Chaaaos, Bruder! Aber dann kamen vierzehn Polizeiautos mit Fullspeed den Hügel hoch, Mann. Alle kamen so wieder runter von ihrem Trip, und danach haben die kein Chaos mehr angerichtet, wahrscheinlich weil die Polizei alle Namen aufgeschrieben hat.

Wir gehn die Treppe hoch, ich geb Ali eine der Tüten, ich mach sicher nicht auf Gentleman, bloß weil er ’n Mädchen ist. Er kann sich ruhig auch mal anstrengen, ich bin zu diesem verdammten Laden gelatscht, seit ich sieben oder acht bin. Er ist verschont worden, jetzt kann er ruhig mal rausfinden, wie das ist, die Einkäufe die Treppe hochzuschleppen. Während wir die Scheißtreppe hochsteigen, der ich meinen megatrainierten Knackarsch verdanke, denk ich so: »Beim Frühstück erzähl ich Papa, wie Ali sich fühlt. Ich bring’s einfach hinter mich.« Weil auf so ’n Versteckspiel hab ich echt kein Bock. So rumlaufen, so tun, als ob, so Märchen erzählen, so untern Teppich kehren. We are family, wir müssen ehrlich zueinander sein. Und als echte Familie müssen wir miteinander reden, das ist das Beste. So macht man das in der Familie, Mann.

Mein Kopf spinnt 'nen Plan, 'nen ziemlich einfachen Plan, nachdem wir gefrühstückt, alle aufgegessen haben, sag ich's Papa. Der Mann ist dann satt, Mann. Voller Magen, vielleicht hat er fettiges pakistanisches Essen im Bauch und sein Kopf ist schwer, vielleicht hat Mama Paratha mit Ei gemacht, davon wird der Körper schwer, also so richtig, weil das Öl oder die Butter machen dich von innen voll. Und dann hoff ich, dass Papa zur Krönung noch 'ne riesige Tasse echten pakistanischen Chai mit H-Milch getrunken hat, voll fett, Mann. Einen schnellen Papa kann ich echt nicht brauchen, so einen, der wie 'n Tiger aufspringt und mir eine knallt, dass es brennt. Nee, ich brauch 'nen richtig dösigen Pandapapa. Der so: »Ach ja, Ali fühlt sich als Mädchen? Das ist aber schön! Ich glaub, ich mach erst mal ein Nickerchen! Mein Körper ist ganz schwer! Schhhhnarch …« So 'nen dösigen Papa brauch ich. Aber klar, schockierende Neuigkeiten können auch die tranigsten Schnecken und Schildkröten aufschrecken.

Als wir in die Wohnung kommen, riecht es nach Mehl und geschmolzener Butter. Es gibt 'n heavy Frühstück, das ist gut. H-Milch haben wir ja mitgebracht, sie wird aufgekocht, dann wird sie dick und traumhaft im Tee. Ich seh jetzt meine Chance, mit Papa zu reden. Um den Onkel muss Papa sich dann kümmern. Muss ihm halt erklären, dass er loyal sein muss. Ja, das wird 'n Megaschock, aber hey, der Onkel hat Unterhosen aus Leder mit Löchern hinten drin gemacht, schockierender als das geht's gar nicht!

Wir ziehen die Turnschuhe aus, bringen die Tüten zu Mama in die Küche, gehn ins Bad, dazu muss man durchs Wohnzimmer. Die beiden Brüder sitzen auf'm Sofa, grinsend und megahappy. Ich werf 'nen Blick auf den Fernseher, es läuft ein Sultan-Rahi-Film. Sultan Rahi, geht's noch? Er ist einer der bekanntesten Schauspieler in Pakistan. Googel ihn mal, dann siehst du, wie gnadenlos er ist, lauter Bilder mit Shotgun, Kalaschnikow, Axt plus tausend so andre Waffen. Er hat nichts andres als so brutale Actionfilme gespielt und darin nie gesprochen, bloß geschrien. Er ist so 'ne Mischung aus pakistanischem Chuck Norris und Zlatan Ibrahimović. Da können die Actionhelden einpacken, Rambo ist 'ne kleine Maus neben Sultan Rahi. *The Legend of Maula Jatt* ist so 'n echter Nationalschatz, Digga. Wenn Papa so auf Männer-Testosteron ist, kannste den Plan vergessen. Da geht er garantiert an die Decke, wenn ich ihm irgendwas von Ali erzähl. Hardcore Action und hören, dass dein Sohn 'ne Tochter ist, das passt nicht zusammen, Bruder. Papa würd mir 'nen Sultan Rahi geben, und dann würd ich sicher voller Blut vorm Wohnblock liegen, während Papa am Fenster steht und runterbrüllt. Ich muss warten, bis Papa wieder runterkommt. Jetzt ist er grade mehr so auf Martial-Art- und Boxerniveau.

Was ich seh, macht mich froh und traurig gleichzeitig. Weil die beiden Brüder haben's gemütlich, diese Filme erinnern sie an ihre Kindheit. Mit denen sind sie groß geworden. Jetzt können sie sie quasi sehn, wann sie wolln, die gibt's im Internet, aber in ihrer Kindheit mussten sie sich ins Kino schleichen, das hat Papa mir mal erzählt. Er und der Onkel haben dafür ordentlich Dresche von Oma gekriegt.

Papa und der Onkel haben diese Erinnerungen, als Brüder so. Und dann ist da mein kleiner Bruder, der plötzlich sagt, dass er eigentlich eine kleine Schwester ist und kein Junge mehr sein will. Da werden wir solche Erinnerungen vielleicht nicht teilen, so Actionfilme, so brutale Schießereien, du weißt schon. Wie Brüder das halt machen und hinterher drüber reden, wie krass der Film war. Wenn wir 'nen Film auswählen, will Ali sicher was Schönes gucken, was Romantisches. So 'ne Romcom, wo der Kerl das Mädchen am Schluss immer kriegt.

Papa und der Onkel lachen, reden mit dem Fernseher, Papa ruft: »Gib's ihm, gib's ihm, Maula Jatt!«

Beide sind voll bei der Sache, fast wie zwei Teenager, mega, sie so zu sehn! Alter, ich find's gut, dass Papa Zeit mit seinem Bruder verbringt.

Alle meine Gedanken und Pläne kannste voll vergessen, das klappt nicht. Das Einzige, was klappen kann, alle Neuigkeiten über Mama laufen zu lassen. Nur eine Person kann Sultan Rahi zähmen. Aber es Mama zu erzählen, da muss man überlegt vorgehen. Ihre innere Mutter muss absolut da sein, wenn ich's ihr erzähle, 110 Prozent Mamagefühle, sie darf nicht sauer, traurig, depri sein oder so, darf nicht bei der kleinsten Kleinigkeit ausrasten.

Ich hör, wie Papa zu Mama sagt: »Kannst du uns das Essen ausnahmsweise ans Sofa bringen? Wir möchten gern frühstücken und weitergucken.«

Mama scheint gut drauf zu sein, sie schickt mich ins Wohnzimmer, um den beiden das Essen zu bringen. Mein kleiner Bruder hat keinen Hunger, also fragt er Mama, ob er zum Spielen rausdarf.

»Ja, ja, geh raus, aber bleib in der Nähe, hörst du? So, dass ich dich vom Balkon aus sehen kann, klar?«

Ali hat sicher null Bock, von ihr überwacht zu werden, aber wir brechen keine Regeln. Schlappen auf die Arschbacken brennt mega, das wissen wir. Ali zieht seine Schuhe an und geht. Er hat 'ne Tüte dabei, da ist bestimmt irgend so Spielzeug drin. Dass er bloß nicht wieder was draußen vergisst, immer muss ich raus und mit ihm suchen, und am Ende kriegt er 'nen Anschiss von Mama, weil er sein Zeug liegen lässt.

Ich geh in mein Zimmer, surf so rum. Ist nicht so spannend, so viel passiert gar nicht auf der Welt. Ich schließ die Augen und mach Urlaub für Arme. Weißt schon, ich mach mir so meinen eigenen Urlaub im Kopf. Und dann muss ich grinsen, denn mir kommt was aus meiner Kindheit in den Kopf. Viele von uns armen Ausländer-Kids, wir schwindelten immer so nach den Sommerferien, ischwör, ich hab es auch gemacht. Ich hab gesagt, ich war in Barcelona, Venedig, Paris und all so was, was ich im Internet gesehn hab, ich hab behauptet, ich wär da gewesen. Jetzt bin ich älter, aber ich weiß, so, wie meine Lehrerin von damals mich angeguckt hat, dass sie tief drinnen wusste, dass ich schwindle, aber sie hat nix gesagt, sie kapierte, dass es ums Überleben ging. Sie wusste, dass wir Jungs ohne Kohle aus Oslo-Ost sind, wir haben halt versucht, uns 'nen Urlaub zu erprahlen, so voll unschuldig. Aber einige haben's übertrieben, meinten, sie wären auf den Bahamas gewesen oder so. Da weiß man doch gleich, dass die Scheiße labern. Dein Alter ist arbeitslos, und du Vogel sagst, ihr wart auf den Bahamas? Verpiss dich mit deinen Lügen! Du Snitch.

Und dann wandern meine Gedanken von so witzigen Kindheitserinnerungen ans Urlaubsschwindeln zu Ali. Ich weiß eigentlich nicht mal, ob Ali wirklich seinen Körper verändern will, ich hab ja eigentlich noch gar nicht richtig mit ihm drüber gesprochen. Aber nach dem, was ich im Internet gelesen hab, also da stand auf jeden Fall, dass Leute das so machen, wenn sie sich sicher sind, dass ... wie heißt das noch ... ach ja, dass sie sich als ein andres Geschlecht *identifizieren.* Beeestes Norwegisch, Bro.

Das Wichtigste ist eh, die Fresse zu halten, so viel hab ich kapiert. Und dann drauf zu hoffen, dass Ali nicht so viel Theater macht. Dass er nicht denkt: ›Ich hab mit meinem großen Bruder mein großes Geheimnis geteilt, da ist es keine große Sache, es auch andern zu erzählen.‹

Ich hab ihn die letzten Tage ziemlich genervt, echt jetzt, hab ihn die ganze Zeit dran erinnert mit so Fragen wie: »Kleiner, was ist unsre Abmachung?« Ich erwarte jedes Mal ’ne feine Antwort, die mich sicher sein lässt, weil ich will nicht, dass Ali unsre Abmachung vergisst.

Aber ich glaub, er benimmt sich, er sagt immer: »Den Mund halten, Bhai. Niemand darf was erfahren.« Und dann ich so: »Gut, Ali!« Ich geb ihm ’n ordentlichen Klaps auf die Schulter, so ’n Du-bist-ein-braver-kleiner-Bruder-ich-bin-ein-zufriedener-großer-Bruder-Klaps! Ich seh ihm an, dass ihn das glücklich macht, ’n bisschen stolz darauf, dass ich stolz auf ihn bin.

Ich sag auch immer zu ihm: »Mach, worauf du Bock hast, guck was auf’m Tablet, guck was auf YouTube, chill. Genieß die Ferien. Kein Stress. Ich bin sehr stolz auf dich. Aber wir tun so, als wär nix. Und grübel nicht, was Gott von dir hält und so. Gott hat dich geschaffen. Und Gott liebt dich.« Dann zwinker ich ihm zu, Daumen hoch und Fist Bump.

Ich hab keinen Bock, so tiefe Gedanken zu haben, also mach ich's Handy an und surfe, chille max.

Langsam macht sich so ’ne Schwere in meinem Kopf breit. Je häufiger ich Papa und Mama anguck, so ins Gesicht halt, desto schwieriger wird es, irgendwas geheim zu halten.

Papa ist nach Norwegen gekommen, dann muss er halt mal anfangen, Sachen zu akzeptieren. Dass Menschen anders sind. Dass Norwegen anders ist. Was will er denn, dass sein Kind depressiv wird, oder was? Weil er jedes Mal Schiss kriegt, wenn er mit mir zum Beten in die Moschee soll, er denkt doch, mit ihm stimmt was nicht, er denkt, Gott ist sauer auf ihn. Was soll der Scheiß, Mann! Ali ist ’n Kind. Soll er sich jetzt etwa hassen, weil er Muslim ist, weil er dunkle Haut hat, weil er Pakistani ist, kein Norweger, ’n trans Kind, Ausländer, Einwanderer, Kanake, Paki, jetzt echt mal, soll er sich für so viele unterschiedliche Sachen hassen?

Mir explodiert der Kopf, Alter. Wär’s nicht besser, wenn ich’s Mama sag? Schließlich ist sie meine Mutter. Sie hat uns neun Monate lang in der Dunkelheit ihres Bauchs rumgeschleppt, sie hat ’n Recht drauf, es zu erfahren. Ich muss ihr nur zur Seite stehn. Nicht dass sie die Schuld an allem kriegt, wie an dem Tag im Taxi. Die Sache mit dem Barbie-Heft, verstehste?

Ich geh ins Wohnzimmer, der Onkel ist irgendwo mit Papa unterwegs, keine Ahnung, wo die stecken. Vielleicht treffen sie 'n paar Freunde von Papa. Ali ist draußen am Spielen. Mama sitzt mit 'ner Tasse Tee in der Hand auf'm Sofa, entspannt 'n bisschen. Ich glaub, jetzt kann ich's ihr sagen, wir sind ganz allein, nur wir beide, Mama wird es schon verstehn. Grade will ich den Mund aufmachen, da klingelt ihr Telefon. Eine meiner Tanten aus Pakistan. Die werden erst mal ewig über WhatsApp quatschen, Bruder.

Ich mach Mama 'n Zeichen, dass ich abhau, sie guckt vom Telefon auf und gibt mir zu verstehn, dass ich in der Nähe bleiben soll, und richtet gleichzeitig Grüße von Tante Nazish aus, ich sag »Grüße zurück«. Die übliche Kontrolle. Mama ist echt schlimmer als Siv Jensen.

Das wär diieee Chance gewesen, aber logisch muss eine meiner Tanten stören! Worüber die nur immer labern? Ich beweg meinen Arsch zu 'nem großen Stein rüber und platzier ihn darauf, viel gibt es eigentlich nicht zu tun. Einfach 'n bisschen chillen.

Ich träum so vor mich hin, häng meinen Gedanken nach. Ich guck zu den Hochhäusern rauf, blick mich um und denk, hier kennt zwar nicht jeder jeden, aber alle wissen, wer wer ist. Sobald die Leute das mit Ali mitkriegen, fangen sie garantiert an zu tratschen. Also hinter unserm Rücken, flüstern sich so gegenseitig was ins Ohr. Ich weiß jetzt schon, dass es Chaos in der Hood gibt, die Leute werden tuscheln, Zubaidas und Maqsoods kleiner Junge ist jetzt ihr kleines Mädchen geworden. Sie werden sich gegenseitig die Ohren abkauen. Die werden Nüsse knacken, Limo schlürfen, Gott um Vergebung bitten, als wenn sie was Dummes angestellt haben, und ihm danken, dass es nicht ihr Kind ist, das das Geschlecht gewechselt hat!

Eeewig beten, so voll im Gebet versinken. Vielleicht was an die Armen in ihren Heimatländern spenden, damit sie nicht der gleiche Fluch trifft wie meine Eltern. Die so: »Zubaida und Maqsood haben sicher was angestellt, vielleicht sind sie vom Glauben abgekommen, was haben sie bloß getan, um so einen Sohn zu kriegen?« Und natürlich stellen sie irgendwelche Theorien auf, denn darin sind sie echt gut.

Der kleine Kurden-Trupp kommt auf mich zu, die Gorans, die sind viel jünger als ich, was wolln die von mir? Alles kleine Knirpse, aber sie glotzen dich an, als hätteste ihnen Geld geklaut, Mann.

Der eine, etwas Stämmigere, kommt zu mir rüber.

»Stimmt das?«, fragt er.

»Was denn?«, frag ich zurück.

»Dass dein Bruder 'ne Chick sein will, dass er sich wie 'ne Pussy fühlt? Dass er rumlaufen will wie 'ne Bitch! Hat er auf'm Spielplatz rumerzählt! Er war voll stolz, Mann! Hat uns den Schmuck eurer Mutter gezeigt! Haha!«

Der Kurde high-fivt den Rest der Truppe! Ali, der kleine Idiot, hat's doch nicht geschafft, die Klappe zu halten. A: weil er klein ist. B: weil er Leuten zu schnell vertraut. C: weil er glaubt, dass alle Leute nett sind. Wann lernt er's endlich? Verräter kommen als Verräter zur Welt, es liegt ihnen im Blut. Wie konnte er diesen verdammten Idioten nur vertrauen? Diese Penner werden das in null Komma nix rumposaunen, die sind schlimmer als alte Weiber. Ich schwör, ich hab echt Bock, Ali zu suchen und zu erwürgen. Okay, er ist stolz drauf, aber das muss er doch keinem sagen.

Und den Kurden würd ich gern in die Eier treten, lass es aber. Ich denk scharf nach und frag dann schnell:

»Stimmt das?«

Der Typ guckt mich verwirrt an.

»Stimmt was?«

Der kleine Gangster starrt mich an, dem werd ich Gangster geben!

»Dass du ... du kleine Fake-Gangster-Bitch ... du dich vollpisst! In deinem Bett! Jede verfickte Nacht pisst du dich voll! Psssssss pssssssssss!«

Und dann mach ich die genialste Kunstpause ever, um die Spannung zu steigern.

»Jede verfickte Nacht kriegst du Dresche von deiner Mutter! Jede Nacht hör ich deine Schreie, sie hat die Schnauze voll davon, deine Pisse wegzumachen, das vollgepisste Laken zu wechseln, schon wieder die Waschmaschine anzuschmeißen. Wir hören die Maschine bis in unsre Wohnungen, Alter! Dogg-dogg-dogg-dogg-dogg-dogg, 1400 Umdrehungen, 95 Grad! Der ganze Block vibriert wegen dir und deiner Pisse!«

Er sagt nix, in seinen Augen ist nicht mehr viel Gangster zu sehn, der ist wie weggeblasen. Der Gangster hat seine Cojones verloren! Aber ich hör nicht auf, denn jetzt bin ich echt pissed! Ich fuchtel mit den Armen, starr ihn an, würd ihm gern so richtig eine reinhaun aber er ist noch klein. Nachher erzähln alle rum, Mahmoud hat ’nen kleinen Jungen verhaun. Ich scheiß drauf, ob die mit ganz Kurdistan anrücken und auf mich losgehn, aber meinen Bruder lassen diese Muttersöhnchen gefälligst in Ruhe!

»Maddafakka, noch 'n Wort über meinen kleinen Bruder, und ich häng überall im Viertel Plakate auf, dass du jede Nacht grün und blau geschlagen wirst, weil du deinen Kurdenpimmel und deine Kurdenblase nicht im Griff hast! Verpiss dich, bevor ich dir in die Eier trete!! Alter, mit Windeln hättest du besser im Kindergarten aufhören sollen!«

Er hastet davon, läuft außer Sichtweite. Nur weil man ruhig ist und kein dreister Möchtegerngangster, versuchen sie gleich, einen bei lebendigem Leib zu fressen. Testen deine Grenzen aus, weißte, was ich mein?!

Ich schau zum elften Stock hoch, hoffentlich hat Mama nix mitgekriegt. Ich guck mich um, wo steckt Ali bloß? Ich kann ihn nirgendwo entdecken. Ich atme schwer, ich atme heftig. Mein ganzes Gesicht glüht.

Ich lauf rum und such Ali, und nach einiger Zeit find ich ihn endlich auf 'ner Bank am Fuß des Hügels, nicht weit vom Mini-Markt. Ich schwör, er sieht echt traurig aus. Ich ruf ihn, aber er hört und sieht mich nicht. Scheint in Gedanken versunken. Erst will ich ihn ankacken, aber pack es nicht. Wahrscheinlich ist es besser, mich in Ruhe mit ihm zu unterhalten. Ihm 'n bisschen zu erklären, wem man vertrauen kann und wem nicht und so.

Er sitzt da und starrt vor sich in die Luft, ich geh hin und drück ihn heftig. Ich lass ihn nie wieder los! Seine Augen sind voller Tränen. Ich küss ihn auf die Stirn, drück ihn ganz fest an mich.

»Ali!«

Ich flüster, aber streng, so gepresst oder wie man das nennt. Ich mach ihm die Sache klar, aber will nicht schimpfen, hier braucht es Feingefühl.

»Ali, Kumpel, hör mal, was machst du denn? Vertraust dich den Jungs da an? Du sollst den Leuten doch nichts erzählen. Nicht alle sind deine Freunde, klar?«

Ich red weiter. Wenn er's jetzt nicht rafft, dann rafft er's nie, Bruder.

»Hör mir zu, Bro. Du kannst nicht rumrennen und es allen erzählen, die haben sich über dich lustig gemacht, verstehste? Die sind zu mir gekommen, haben dich ausgelacht, dich Pussy genannt, Chick, dass du 'ne Bitch werden willst. Die nur so: Du willst rumlaufen wie 'ne Bitch, Mädchenröcke tragen und so. Ali, Bro, ohne Scheiß jetzt, hör auf deinen großen Bruder. Du kannst das nicht einfach allen aufs Brot schmieren. Chill 'n bisschen, ich steh hinter dir, Mann, aber dafür muss ich dir genauso vertrauen können, oder? Ey hör mal! Die lachen dich aus, mich aus und Mama und Papa auch. Verstehste?«

Ali sieht mich traurig an, er versucht, alles zu erklären.

»Bhai, ich wollt ihm nur zeigen, wie schön ich mit dem Schmuck ausseh, deshalb hab ich's erzählt. Ich hab etwas Schmuck mit runtergenommen, in 'ner Tüte.«

Das tut mir leid für ihn, aber trotzdem muss Ali mit der Wahrheit klarkommen, also sag ich's ihm.

»Kleiner ich hab dich echt lieb, ja? Aber nicht alle haben dich so lieb, und sie freuen sich auch nicht drüber, wenn du ihnen solche Geheimnisse erzählst, die Leute finden so was ... komisch, lustig, unheimlich oder sogar eklig. Dann rennen sie rum und labern Scheiße über dich. Klar?«

Ali nickt.

»Ja, die haben gesagt, ich bin eine Schande für meine Familie, für euch. Dass ich … mich besser umbring, besser tot wär.«

Das macht mir krasseste Bauchschmerzen. Es ist eigentlich so harmlos. Ali nimmt Schmuck mit auf den Spielplatz, um dem Goran-Trupp zu zeigen, dass er schön aussieht! Und die sagen so richtig unnötigen Kram zu ihm, zu ’nem kleinen Kind. Die sind doch selber noch jung, woher haben die so krasse Gedanken?

Und was, wenn sie Fotos gemacht haben? Die haben alle Smartphones, Alter, stell dir vor, die snappen das, posten’s irgendwo, machen ’ne InstaStory draus, keine Ahnung, Mann! Die Leute fahren voll drauf ab, wen zu finden, den sie dissen können, lachen ’n bisschen, ziehn drüber her.

Dann werden die Sommerferien plötzlich doch noch spannend. Die Leute denken so: »Yes, na endlich, jetzt müssen wir doch nicht rumgammeln in den Sommerferien, lass ma’ hinter Alis Rücken über ihn herziehn. Lass mal Bilder von dem Trottel machen, wenn er rumstolziert und Mädchen spielt. Ihn mal ’n bisschen verarschen, ihm komische Fragen stellen!«

Die lieben Likes, lieben’s zu checken, wie viele Views sie haben, Mann! Sie wolln viele Follower, wolln sehn, wie lange sie Stoff für Snap und Insta haben, labern halt drüber. Bullshit, Mann! Als ob die jemals wieder aufhören. Die kriegen Aufmerksamkeit plus Entertainment. Dagagen ist sogar Netflix lame, Digga!

Ich leg die Arme um Ali, drück ihn ganz fest. Bin echt kurz vorm Kotzen, von all den Gedanken krieg ich übel Bauchschmerzen. Weil in meinem Kopf hör ich immer wieder Alis Worte. »Bhai, ich wollt ihnen nur zeigen, wie schön ich mit dem Schmuck ausseh!«

Wir gehn zum Haus hoch, ich klingel, Mama nimmt ab. Sie fragt: »Wer ist da?« Ich: »Mahmoud und Ali, mach schon auf, Mama.«

»Oiee, Mahmoud, ich hab dich vom Fenster aus gesehen, wieso hast du mit den Gorans geschimpft, warum hast du dich mit denen angelegt? Du weißt doch, dass die Kerle nichts taugen, warum streitest du mit ihnen herum?«

Sie hat also mitgekriegt, dass ich die Jungs angeschnauzt hab? Ich antworte schnell so: »Mama, das war nix, wir haben nur 'n bisschen Spaß gemacht.« Ich hoff, sie vergisst es gleich wieder. Aber nein!

»Macht, dass ihr hochkommt, dann sprechen wir uns.«

Dann drückt sie den Summer, immer muss sie an allem rummeckern. Ist streng, passt auf. Macht sich viel zu viele Sorgen, mischt sich in alles ein. Dabei muss ich mich grade um meinen kleinen Bruder kümmern, ich hab echt keine Zeit für eine zwei Stunden lange Predigt von Mama!

Wir gehn hoch, beeilen uns. Als wir reinkommen, bin ich voll erschöpft, außer Atem, durstig, Mann. Zum Glück steht die Tür einfach offen, ich geh ganz ruhig rein, seh Mama, die im Flur steht und bügelt, sie guckt mich an und meint: »Sag gefälligst As-salamu alaikum, wenn du reinkommst, oiiieee!«

Sie kommt auf uns zu.

»Warte nur, du bist frech, frech, frech! Kommst einfach reingestürmt, begrüßt mich nicht mal ordentlich!«

Da bin ich schon mit den Nerven so voll am Ende und sie stresst mich nur noch mehr. Und hält 'nen beschissenen zerfledderten Schlappen in der Hand. Immer haut sie nur drauf, meint sie, alles lässt sich mit 'ner Tracht Prügel regeln? Mir ist grad echt nicht nach Dresche, Kumpel! Mama schwenkt schon den Schlappen, aber ich stopp sie mit der Hand.

»Mama, das hier ist keine Schlappensache, das kriegst du nicht mit 'n paar Schlägen in den Griff, wir müssen reden. Setz dich! Und leg den Schlappen weg.«

Erst will sie trotzdem zuschlagen, aber vielleicht merkt ihr Mamagefühl, dass ihr Sohn es diesmal ernst meint. Sie zieht den Schlappen wieder an.

»Wo sind Papa und der Onkel?«, frag ich.

»Die machen eine Tour mit dem Auto.«

»Sind sie schon lange weg?«

»Nein, sie sind grade erst losgefahren.«

Ich hoff, sie werden lange unterwegs sein. Mama sieht müde aus. Ist sie wirklich für die Wahrheit bereit? Oder wird's zu viel für sie? Und was soll ich eigentlich sagen, wo fang ich an? Das ist kein normales Gespräch, wie man's sonst so mit seinen Eltern führt. Es geht nicht drum, dass wir uns 'nen Fernseher für unsre Zimmer wünschen mit 'ner PlayStation 4, es geht um viel mehr, Bro!

Ich ermanne mich, atme aus, mach den verdammten Rücken gerade, der Papa immer so wichtig ist. Schau Mama tief in die Augen.

»Mama …«

»Ja, Mahmoud, was ist denn?«

Und dann erklär ich ihr alles, erzähl ihr alles, was ich verstanden hab. Ich geb mein Bestes, erklär alles so ruhig, wie ich kann, mit Ali die ganze Zeit still neben uns.

Mama weint, sie sagt, sie ist traurig und enttäuscht, dass Ali ihr das nie gesagt hat. Ich muss jetzt 'n guter Sohn sein, denn es kann sein, dass sie nur einen Sohn hat, weil der andre Sohn 'ne Tochter ist. Also setz ich mich neben sie aufs Sofa. Ich frag sie, ob sie was gemerkt hat oder ob sie so auf ihre pakistanischen Dramen mit ewig vielen traurigen Szenen im Fernsehn konzentriert war, dass sie nicht mitbekommen hat, dass ihr Sohn anders ist.

»Was weiß ich denn schon? Als Putzfrau, ich bin nicht zur Schule gegangen, hab nichts gelernt, versteh nicht viel von der Welt. Ich hab gedacht, das wächst sich schon aus, wenn er älter wird, wird das schon besser. Dass er meine Kleider halt mag, meinen Schmuck, nur so als Spiel. Puppen und andrer Mädchenkram! Ich hab's nicht ernst genommen, bloß drüber gelacht. Was weiß ich denn schon?«

Sie guckt mich an, will 'ne Antwort von mir, aber ich hab keine. Ich guck Ali an, er guckt uns beide an. Scheint nicht so, als hätte er 'ne Antwort.

Hallo?!? Was meint sie damit, es wächst sich aus? So was wächst sich nicht aus, das ist wie mit den Hijras in Pakistan, die sind ihr Leben lang so. Gut, dass mein kleiner Bruder in Norwegen lebt, in Pakistan wär er für'n paar Scheine auf'n Strich gegangen oder hätt auf Hochzeiten getanzt oder

Witze erzählt und alte Lieder gesungen, wenn jemand 'nen Sohn bekommt. Ich sag's dir, Bruder, das wär hart geworden. Wallah, mir tut's schon weh, nur dran zu denken.

Mama guckt Ali an, küsst ihn mehrere Male auf Wangen und Stirn, aber dann fängt sie schnell an, ihm den Schmuck abzunehmen, den er trägt. Sagt:

»Stellt euch vor, Papa kommt jetzt plötzlich nach Hause! Er darf nicht mitkriegen, dass etwas anders ist und wir deshalb alle drei so eng zusammensitzen und so ernst aussehn. Ich bin jedenfalls keine gute Schauspielerin, wollt ihr, dass er euch Löcher in den Bauch fragt? Dass er tausend Fragen stellt? Ihr kennt ihn doch. Nimm den Schmuck ab, Sohn!«

Ali gehorcht, Mama legt die Sachen in die Schatulle in ihrem Schlafzimmer. Als sie zurückkommt, frag ich geraderaus:

»Mama, was willst du denn jetzt machen? Erzählst du's Papa oder muss ich? Weil Ali geht's nicht gut damit, sich so zu fühlen und nicht er selber sein zu können, bloß weil unser Vater so megastreng ist! Und du kennst doch Papa. Der dreht doch bei jeder Kleinigkeit durch!«

Mama guckt mich mit Tränen in den Augen an, und erst denk ich, sie hat noch nicht richtig kapiert, was los ist. Sie setzt sich nämlich wieder aufs Sofa und sitzt da lange, ganz still, es fühlt sich wie 'ne Ewigkeit an, aber sie denkt nach. Auf einmal richtet sie sich auf.

»Ich werde es ihm erzählen.«

Ich sag zu Mama, dass wir es geheim halten müssen, jedenfalls bis der Onkel in ein paar Wochen im Flugzeug zurück nach Pakistan sitzt. Aber nein, nein, Mama steht auf, ordnet das Oberteil von ihrem pakistanischen Shalwar Kamiz und sagt wie 'ne echte Superfeministin:

»Euer Vater muss es erfahren, und es wird ihm nichts anderes übrig bleiben, als es zu akzeptieren.«

Erst krieg ich 'nen trockenen Hals und versuch zu schlucken, aber mein Schluckreflex tut's nicht! Ich denk so in mir drin: ›Mama, das ist nicht der richtige Zeitpunkt, um Superheldin zu spielen, wart doch verdammt noch mal ab, bis der Pornobart-Onkel sicher in der Maschine von Pakistan International Airlines sitzt!‹ Ich würd gern was sagen, aber Mama lässt mich kein einziges Mal zu Wort kommen. Sie steht da und ermannt sich, oder, na ja, sie erfraut sich! Mein Schluckreflex ist wieder da, und ich denk, jetzt, jeeetzt, haben wir also Feminismus im Haus. Krasse Frauenpower, Mann! Als ob der 8. März zu uns gekommen wär, der Frauentag höchstpersönlich in unsrer Wohnung! Bruder, ich weiß nicht, ob Papa die Eier dafür hat. Ich schwör! Wenn Mama sich das mit ihm vornimmt, wird's sich anfühlen, als ob sie ihm die Eier wegpustet, dann muss ich auf dem Boden rumkriechen und sie für ihn suchen. Während er sie wieder montiert, wo sie hingehören, wird der Scheißkerl zu sich selber sagen: »Ich bin nicht nach Norwegen gekommen, um meine eigenen Eier vom Boden aufzusammeln.« Es ist ziemlich viel, das zu tun er nicht nach Norwegen gekommen ist, aber manchmal überrascht einen das Leben.

Ich überred Mama, sich erst mal 'n paar Tage zu erholen, tief in den Bauch zu atmen, nicht gleich Chaos zu machen, Papa ist überarbeitet, der arme Kerl. Er entspannt sich nach langer Zeit endlich mit seinem Bruder und atmet durch, nimmt sich 'n bisschen frei vom Job. Aber Mama hat's gleich gecheckt.

»Überarbeitet? Bin ich vielleicht nicht überarbeitet? Ich,

die eigentlich Urlaub hat, aber jeden Tag für den Bruder eures Vaters kochen muss? Ihr könnt euch nicht vorstellen, wie seine Familie mich behandelt hat. Als ich euch Kinder nicht kriegen konnte und dachte, ich bleib für immer kinderlos, haben die sogar gesagt, euer Vater soll mich verlassen, die Scheidung einreichen! Seine Familie hat auf mich runtergeguckt, mich wie Dreck behandelt, ich war ja nur so eine aus 'ner niedrigen Kaste. Die haben ihm gesagt: ›Verlass sie, da draußen gibt's Tausende Frauen, die können wenigstens schwanger werden. Was siehst du in ihr? Sie schafft es nicht mal, dir einen Sohn zu geben!‹ Dass ich viele Jahre keine Kinder bekommen konnte, hat alles kaputt gemacht. Geduldig wie ein Esel hab ich diese Familie ertragen. Hab 'ne Menge Mist ausgehalten. Eure Großmutter hat mir immer die Hand auf den Bauch gelegt und gesagt: ›Wenn du ein Kind kriegst, dann krieg mir ja einen Sohn!‹ Sie hat mich in Tausende Moscheen geschleppt, mit unendlich vielen heiligen Leuten gesprochen, damit ich einen Sohn kriege.«

Ich denk so: Hallooo!? Jetzt kotzt sie mir ihre Eheprobleme mit dem Alten vor die Füße, wahrscheinlich holt sie gleich den Stock oder die Schlappen. Aber ich seh ihr an, dass sie traurig ist, von so vielem in ihrem Leben gekränkt.

Dann, so ganz plötzlich, macht sie den Rücken wieder gerade und ruft laut:

»Die alte Hexe hat für Söhne gebetet, hat ihren Sohn gedrängt, für Söhne zu beten, da müssen euer Vater und seine Familie jetzt damit leben, dass sich der eine Sohn anders fühlt!«

Glaub mir, Mann, ich schau nach unten, aber meine Eier

kullern nicht übern Boden, sie hängen immer noch an mir. Mama ist jetzt im Tigermama-Modus!

Ich sprech ruhig, auch wenn es in mir drinnen kocht. Ich sag, wir dürfen Ali nicht stressen, wir müssen mehr mit Ali über diese Gefühle reden, die er in sich drin spürt. Wir müssen ihn unterstützen, ihm zuhören. Ihn ernst nehmen. Sie darf gern mit Papa reden, aber an 'nem Tag, an dem's passt, wenn er gut drauf ist, nicht so kaputt wie sonst immer. Ali braucht Zeit, jetzt hat er uns die Wahrheit erzählt, jetzt müssen wir voll hinter ihm stehn. Ihm zeigen, dass wir stolz auf ihn sind. Ich komm mir vor wie 'n norwegischer Lehrer oder so 'ne Schulkrankenschwester, ich sprech so ruhig, das ist fast unheimlich.

Ali sieht mich bewundernd an. Vielleicht versteht er doch mehr, als ich denk. Ich schlag Mama vor, mehr mit ihm zu bonden, mehr mit ihm zu machen. Nur so merkt er, dass er nicht allein ist, wir müssen ihm zeigen, dass er uns wichtig ist. Mama hört mir zu, zeigt, dass sie aufmerksam ist. Sie schaut Ali an und hat schon wieder Tränen in den Augen.

Um die Nachbarn kümmer ich mich, das ist kein Ding, Bruder. Wie lange können die sich schon das Maul zerreißen? Eine Woche, vielleicht vier Wochen, danach wird's normal für die. Ich sag zu Mama: »Papa ist eh fast nie zu Hause, er kriegt ja nicht mal mit, was im Viertel passiert. Die meisten hier kennt er kaum. 'n paar von den andern pakistanischen Arbeitstieren grüßt er, aber das ist's auch schon.« Sie denkt kurz nach, nickt, stimmt zu. Sie küsst mich und meinen Bruder, sagt, dass sie müde ist und ins Bett muss. Bittet mich, auf Ali aufzupassen.

»Hör auf deinen großen Bruder, er ist clever.«

Und dann guckt sie mich an, so ’n bisschen stolz. Ich küss sie, sag, sie soll sich ausruhen, versprech ihr, dass ich auf meinen Bruder aufpass.

Sie sieht nicht so aus, als würd sie’s bereuen, mich gekriegt zu haben. Ich glaub, sie ist sogar stolz auf mich, dass ich so gut aufpass. Dass ich Verantwortung übernehm, sie unterstütz, meinen Bruder unterstütz. Vielleicht ist sie doch ganz froh, keinen Stein geboren zu haben? Denn Mahmoud ist besser als ein orangeroter Ziegelstein, Mann.

An einem Tag sind wir alle zusammen zu Hause, ich, Mama, mein kleiner Bruder und Papa. Keine Ahnung, warum Papa zu Hause ist, vielleicht hat er keinen Bock, im Taxi zu sitzen und auf Kunden zu warten, manchmal lässt er die Schicht am Tag ausfallen und fährt lieber nachts, weil in den Ferien nicht so viele Kunden kommen. Der Onkel ist rüber zu 'nem pakistanischen Nachbarn, um Kricket zu schaun, dessen Satellitenschüssel funktioniert nämlich, er und der Kerl sind in letzter Zeit voll die Buddys geworden, die hängen zusammen ab, trinken Limo, knabbern Nüsse und gucken Kricket, schauen Turniere und so. Mein kleiner Bruder sitzt vorm Tablet und spielt ein Schminkspiel, das Mama volle neununddreißig Kronen gekostet hat. Da schminkt man Frauen, zieht sie an und verwandelt sie in schönste, schööönste Prinzessinnen quasi!

Mama guckt 'ne pakistanische Schnulze im Fernsehen, Papa liest Zeitung auf Urdu, die hat er in der Stadt gekauft. Für eine braucht er immer so fünf, sechs Tage, weil er hat ja nie Zeit. Im Taxi liest er die pakistanische Zeitung nicht gern, er will sie zu Hause lesen, mit pakistanischem Chai, paar Keksen dazu und in bequemen pakistanischen Klamotten. Vielleicht hat er das Gefühl, der Heimat so 'n Stück näher zu sein.

Mir kommt 'ne Idee. Der Onkel ist nicht da, die ganze vierköpfige Familie ist versammelt. Kricketspiele gehn in der Regel über mehrere Stunden, der Onkel wird sicher noch 'ne Weile weg sein. Alle aus der Familie sind grad mit sich selber beschäftigt. Das ist die Gelegenheit, jetzt kann Mama mit Papa reden, ihn bitten, seine Zeitung mal kurz Zeitung sein zu lassen und ihr zuzuhören. Weil Onkel Ji ist nicht da, der Spion aus Pakistan, der Undercover-Agent unsrer Großmutter.

Ich geh zu Mama und flüster ihr ins Ohr, ob sie nicht mit Papa reden will. Mama erst mal so: »Flüster lauter!« Darauf denk ich nur so: ›Wie laut soll ich denn flüstern? Man flüstert doch grade, weil man was leise sagen muss! Soll ich so laut reden, dass Papa es hört?‹

Ich flüster noch mal, deutlicher, langsamer. Sie guckt mich an und nickt leicht. Sie hält den Zeigefinger so hoch, halt so: »Wart noch 'ne Sekunde.«

Ich hab sie einfach mal auf die beste Idee gebracht, Bruder. Sie macht den Fernseher aus. Papa am Esstisch kriegt das mit. Mama geht zu ihm rüber und ruft gleichzeitig meinen kleinen Bruder zu sich.

»Ali, mach das Tablet aus, Sohn, setz dich zu Mama, los, komm. Wir wollen uns mit Papa unterhalten.«

Ali gehorcht und setzt sich neben sie. Ich tu's ihm gleich. Papa sitzt uns gegenüber. Und dann Mama so zu ihm: »Leg die Zeitung weg. Die Kinder und ich haben was mit dir zu besprechen!«

Papa checkt gar nix, aber ich seh ihm an, dass er nicht gern mitten im Lesen unterbrochen wird. Er hätte sicher gern die letzten politischen Updates aus der Heimat gelesen und jetzt kommt Mama einfach und stört ihn. Er sieht uns an.

»Ja, was ist denn?«

Und dann erzählt Mama in aller Ruhe von Ali. Davon, wie er sich fühlt, was er eigentlich gern tragen würde, dass er sich in Jungsklamotten nicht wohlfühlt. Plus was er in seinem Körper drinnen empfindet.

Ich schwör, Papas Gesicht verändert sich immer mehr, je länger Mama redet. Er hat 'n bisschen so 'n Gesicht wie: »What the fuck? Willst du mich verarschen, Frau?« So 'n »Was zur Hölle laberst du, Weib?!«-Gesicht halt. Er sieht gleichzeitig wütend, geschockt und überrascht aus. Er guckt mich an. Guckt meinen kleinen Bruder an. Er hört Mama bis zum Schluss zu, wischt aber dann mit einer ruckartigen Bewegung die Teetasse vom Tisch, die gegen die Wand knallt und in viiiele kleine Teile zersplittert, Mann!

Er springt auf.

»Was soll dieser Unsinn? Machst du Witze, Zubaida?«

Und dann guckt er mich an, als ob ich ihm Geld schulde oder als ob ich Ali zum Mädchen gemacht hätte. Dann guckt er wieder zu meinem kleinen Bruder. Der sitzt nur da und starrt zu Boden.

»Ich glaub, du bist ziemlich durch den Wind, Zubaida. Wenn du so verwirrt bist, bringst du nachher auch noch unsre Kinder durcheinander. Was redest du da für einen Unsinn?«

Eigentlich kommen aus ihm überhaupt nicht viele andre Wörter als das pakistanische *bakwaas*, was Unsinn heißt. Er brüllt nur so: »*Bakwaas, bakwaas, bakwaas!*«

»Zubaida, du guckst mit ihm Frauenserien mit lauter so Hochzeitsliedern, denkst du auch mal daran, dass er ein Junge ist? Du machst ihn mit deinem Weiberkram ganz verrückt!«

Er ist rot, rot wie der Teufel! Ich wusste gar nicht, dass Leute mit dunkler Haut so rot werden können, Bruder!

»Was machst du mit ihm, wenn ich auf der Arbeit bin, dass er so dummes, so idiotisches Zeug von sich gibt? Er fühlt sich wie ein ... *bakwaas*! Im falschen Körper geboren ... *bakwaas*! Von dieser Krankheit wirst du ihn wieder heilen! Wir können kein verwirrtes Kind im Haus brauchen! Mein Bruder ist grade zu Besuch und zur Krönung kommst du mit so 'nem idiotischen Geschwätz daher! Nimm dich zusammen, Zubaida!«

Mama bleibt ruhig. Jetzt spricht Papa Ali an.

»Du bist ein Junge und du bleibst ein Junge! Bist ein Sohn und bleibst ein Sohn. Komm ja nicht noch mal mit so 'nem Unfug an! Was lernt ihr denn bitte in eurer Schule? So was? Dass du dich so und so zu fühlen hast? Dass du alles sein kannst, was du willst? Quatsch, den lernt ihr da! Verdammte Scheißschule!«

Ich seh Schaum aus Papas Mund kommen, er spuckt beim Reden. Er guckt mich an, macht mich jetzt ganz nervös.

»Hast du das etwa auch gelernt, Mahmoud? Sagst du mir jetzt auch gleich, dass du im falschen Körper geboren wurdest? Antworte, oie! Verdammte Hurenlehrer! Soll ich deinen Namen in Mahmouda ändern lassen, hm, Mahmoud? Wie?«

Was soll ich darauf antworten? Der Kerl macht mir Angst. Stell dir vor, der drischt auf uns ein wie 'n Irrer. Ich schau zu

Boden. Ich check ja, dass er unter Schock steht, ist uns allen so ergangen. Man erfährt nicht jeden Tag, dass der eigene Sohn lieber 'ne Tochter ist. Aber Papa hebt grad völlig ab. Er würd uns am liebsten umbringen, und sich selber gleich hinterher. So wie in der Zeitung, mit 'ner Schlagzeile so, »Familientragödie in Oslo-Ost«. Echt, gleich zündet er uns alle an oder so. Verübt 'nen Ehrenmord an uns! Und dann schreibt er dem Onkel garantiert so 'nen Abschiedsbrief, in dem er alles erklärt, den liest Onkel Ji dann nach dem Kricketspiel.

»Zubaida, du ... duuu hast ein Mädchen aus ihm gemacht. Wenn die Leute dich auf der Straße auslachen, wirst du es bereuen. Mein Sohn ein kleines ... Weibsbild! Eine verfluchte ... Ein verfluchtes ... verfluchtes, ehrloses Weibsbild! Wie soll ich den Leuten noch vor die Augen treten? Diese Hurenkinder! Die andren Taxifahrer respektieren mich, die ... die andren Pakistanis respektieren mich. Die Leute kennen mich. Wissen, wer ich bin. Alles, wofür ich mein Leben lang geschuftet hab, macht ihr kaputt! Verdammt! Ich bin echt nur von Idioten umgeben, Idioooten, alle miteinander!«

Lange hat Mama nur still dagesessen und zugehört. Aber nach Papas letztem Ausbruch, glaub ich, schlägt der 8. März bei ihr durch, also Frauenkampf und die ganze Palette! Aaaalter, du willst es nicht wissen! Mir ist, als hätt ich meine Eier verloren, ich find sie aber schnell wieder, weil Mama, unsre liebe Mama, schaltet um in den Rage-Mode, Mann. Sie steht auf. Bruuuder. Diese Frau ist bereit zum Knock-out, Mann! Sie ist GELADEN!

»Sei jetzt still, Maqsood! Schließ deinen Mund und halt ihn gefälligst geschlossen!«

Und dann nur so:

»Dein ganzes Leben lang hast du nichts als gearbeitet, gearbeitet und gearbeitet. Hast Pläne hier und Pläne da geschmiedet. Und nie ist aus einem deiner Scheißpläne was geworden! Deine Kinder hast du kaum gesehen, kaum Zeit mit ihnen verbracht! Aber hast erwartet, dass sie nach deiner Pfeife tanzen! Gnade dir Gott, wenn du zu meinem Sohn noch mal so was Abscheuliches sagst wie eben. Er hat genauso viel Respekt verdient wie alle andren. Ich hab wirklich genug von DEINEM Gerede! Schluss jetzt mit deinem verdammten Auftreten!«

Sie macht 'ne kurze Pause:

»Wenn ich noch einmal so 'ne Scheiße von dir höre, pack ich meine Sachen und die der Kinder und geh ins Frauenhaus, aber diesmal mach ich ernst, Maqsood, und keine Scherze mehr, wie du's gewohnt bist. Ich verlasse dich! Dann kannst du dir irgend'ne verfluchte unverheiratete Cousine suchen, davon gibt's ja so einige in deiner Familie, die dir ja so sehr am Herzen liegt, und dann könnt ihr, du, deine Mutter, dein Vater und deine Schwestern, *sie* psychisch terrorisieren, dass SIE dir Kinder schenken soll! Drecksäcke seid ihr, der ganze Haufen! Ich warn dich, wenn du dich zwischen mich und meine Kinder stellst, zeig ich dich wegen psychischer Gewalt bei der Polizei an. Dann wirst du dich ihnen nicht einmal mehr nähern dürfen. Dann kannst du in deinem Scheißtaxi hocken und ... und ...«

Sie macht 'ne ganz kurze Pause, bevor sie laut ausruft:

»... DIR DIE EIER KRAULEN!«

Papa hält eeecht die Klappe und hört zu, ich guck auf den Boden, ob seine Eier runtergepurzelt sind, aber da liegt nix. Bro, ich schwör bei meiner Mutter, meinem Vater, meinem

Großvater und meiner Großmutter, Digga, Mama weiß, wie der Hase läuft. Sie weiß, wie Frauen in Norwegen behandelt werden. Kein Säureangriff und Ehrenmord! Hier musst du dich benehmen, und wenn nicht, verlierst du einfach ma' das Recht, deine Kinder zu sehn! Die Frauen hier wissen, wie abgefuckt Männer im Kopf sein können. Norwegische Frauen haben sich ihre Rechte erkämpft, Bruder! Sie lassen's sich nicht bieten, wenn die Männer die Kontrolle übernehmen und alles bestimmen wolln!

Zuerst hab ich gesessen, aber jetzt steh ich aufrecht neben Mama. Auch mein kleiner Bruder ist automatisch aufgestanden. Papa hat nicht viel zu sagen. Hallo, sein Leben lang hat er zu uns gesagt: »Steht mit geradem Rücken!«, jetzt stehn wir mit geradem Rücken, aber auf 'ne Art, die ihm nicht gefällt. Karma kann eine Bitch sein!

Jetzt steht Papa da, mit den Resten von 'ner zerbrochenen Teetasse neben sich und 'ner durcheinandergebrachten Zeitung vor sich. Alle sehn sich schweigend an.

»Sag deinem Bruder, wenn er noch ein paar Wochen hier wohnen will, dann muss er gefälligst akzeptieren, dass Ali ist, wie und wer er nun einmal ist. Ende der Diskussion! Und dann kann er zurückfliegen und es den andern Bekloppten in deiner Familie erzählen, die so gerne Leben zerstören! Kein Wunder, dass dein Bruder es nicht geschafft hat zu heiraten, wer heiratet auch schon jemanden aus so einer irren Familie? Ihr zerstört das Leben der Frauen, ehe sie auch nur einen Fuß in euer Haus gesetzt haben! Ihr habt so sehr gedrängt, dass ich schwanger werden und Kinder kriegen soll, Nachkommen sind ja sooo wichtig. Pech gehabt! Jetzt habe ich ein Kind, das sich anders fühlt, und du musst damit klarkommen. Sei ein Mann, zeig deiner wahnsinnigen Familie, dass du mit geradem Rücken hinter Ali stehst!«

Papa hat keine Antwort. Mama bittet Ali und mich, in unser Zimmer zu gehn, aber bevor wir das tun, ermanne ich mich und sag zu Papa: »Deine Taxi-Kumpel in allen Ehren, Papa, aber es ist nicht deren Leben. Ich weiß, du bist nicht für das hier nach Norwegen gekommen, aber jetzt wohnst du hier und jetzt musst du damit klarkommen.«

Ich hab schon Schiss, jetzt verdrischt er mich aufs Übelste, aber er tut nichts, sagt nichts.

Da hör ich, wie der Onkel die Tür aufsperrt, den Flur betritt, sich die Schuhe auszieht und ins Wohnzimmer kommt, wo wir rumstehn. Er sieht happy aus und sagt: »Wir haben Australien mit 57 Runs vernichtet, Babar Azam und Hasan Ali, was für Spieler! Die haben uns echt ... gerettet«, aber dann wird er schlagartig still.

Er checkt, dass was passiert ist, fragt aber nicht. Mama ist so wütend, sie guckt den Onkel nicht mal an. Sie starrt mit versteinerter Miene zu Papa, der den Blick immer noch gesenkt hat, und geht dann ohne ein weiteres Wort ins Schlafzimmer.

Ali und ich gehn in unser Zimmer, er sieht überhaupt nicht glücklich aus. Ich weiß nicht, wie er sich innen drin fühlt, ich will ihn trösten, aber finde keine Worte. Ali geht zu seinem Bett, wirft sich drauf und starrt an die Decke.

Manche Tage fliegen nur so vorbei, andre kriechen wie 'ne Schildkröte, lahm und langweilig. Ich glaub nicht, dass der Onkel was mitbekommen hat, jedenfalls hat er nicht gefragt oder sonst wie gezeigt, dass er weiß, wie's bei uns aussieht. Glaub auch nicht, dass Papa ihm was erzählt hat, dem ist das Ganze so schon unangenehm genug.

Die meiste Zeit lassen wir Ali in Ruhe, er ist in seinem Zimmer oder in Mamas und Papas Schlafzimmer. Papa spricht nicht mal mit ihm, er interessiert sich nicht für Ali. Er scheint wütend auf ihn zu sein und enttäuscht. Es ist traurig, mitzukriegen, dass Papa sich so aufführt, voll albern für 'nen Erwachsenen, aber was soll ich tun? Ich kümmer mich ab und zu um Ali, zeig ihm, dass ich für ihn da bin.

Papa arbeitet viel, der Onkel guckt irgend'ne Kricketmeisterschaft und chillt oder erkundet das Viertel. Ich muss ihn nicht mehr ständig rumführen, ich pack's nicht länger, ihm fröhlich alles zu zeigen, er kann jetzt schon allein die U-Bahn in die Stadt und wieder zurück nehmen. Onkel Ji hat ein paar Wörter Norwegisch gelernt, zum Beispiel *hallo*, *tschüs*, *danke* und *Entschuldigung*. Wenn er mich fragt, ob ich mit rauskomm, sag ich nur: »Ich muss mich auf die Oberstufe vorbereiten, muss schon ’n bisschen was machen.«

Ich weiß nicht, ob’s dem Onkel auffällt, aber zu Hause ist’s viel stiller geworden. Wir reden weniger miteinander als früher. Ich mach nicht viel mehr als aufs Handy glotzen und in unserm Zimmer an die Decke starren. Brot und Milch hol ich wie immer. Also, wenn mich einer schickt.

Mama und Papa reden nicht miteinander. Sie macht ihm Frühstück, Mittagessen, Abendessen. Manchmal noch ’nen Snack vorm Schlafengehn. Die beiden schlafen noch im selben Zimmer und ich hab sie noch nicht streiten gehört. Aber ich glaub, Mama verpasst ihm so ’n *silent treatment*. Ich hab gelesen, das ist so ungefähr das Schlimmste, was passieren kann, dass deine Alte tagelang nicht mit dir spricht, ohne dir zu sagen, warum.

Papa weiß, warum Mama sauer auf ihn ist. Aber er traut sich nicht, sich mit ihr anzulegen, weil dann hält sie ihm ’ne siebenstündige Predigt, wütet und schimpft. Erzählt ihm, dass sie ’nen andern hätte nehmen solln, keinen Taxifahrer ohne Cash, der auch noch ihr Leben und das ihrer Kinder ruiniert.

Mama bügelt seine Arbeitshemden, aber sie redet nicht mit ihm. Ich merk, dass Ali das merkt, doch er sagt nichts. Er ist es gewohnt, dass Mama und Papa flirten, dass Blicke zwischen ihnen hin- und herfliegen, dass sie zusammen Tee trinken, die pakistanischen Nachrichten gucken. Sich so Blicke zuwerfen, die sagen: »Du bist ’ne tolle Frau«, »Du bist ’n guter Mann«. Jetzt sieht er nichts mehr davon, wir sehen keine Romantik mehr, null.

Und ich glaub, Ali fühlt sich voll schuldig, dass es ist, wie’s ist.

Eines Tages sitz ich mit Arif draußen vor den Wohnblöcken und wir chillen nur so, wir unterhalten uns nicht groß. Er sagt auch nicht so viel philosophisches Zeug. Wir spekulieren bloß, welche Fußballer wechseln und wo die bis zum Transferende landen. Mama ist oben, und als ich eben gegangen bin, hat der Onkel wie immer im Wohnzimmer gesessen, Kricket geguckt, Cashews gekaut und Sprite getrunken.

Der denkt sicher auch so: »Warum bin ich eigentlich nach Norwegen gekommen? Das Kricketspiel hätt ich auch in Pakistan gucken können.« Vielleicht freut er sich so langsam drauf, nach Hause zu fliegen, weil so gemütlich wie am Anfang, als er nur hierbleiben wollte, ist es nicht mehr. Irgendwie könnt ich verstehn, wenn er sein Heimatland vermisst, weil echt jetzt, bei uns zu Hause ist tiefste Dunkelheit, herrscht die übelste Geisterstunde, aber Tag und Nacht halt. Wie im Winter, dunkel, wenn du zur Schule gehst, dunkel, wenn du nach Hause kommst. Nur dass die Dunkelheit in unsern Köpfen ist.

Während wir über Fußball reden, sind meine Gedanken ganz woanders. Es kann nicht gut für den kleinen Ali sein, mitzukriegen, dass die Familie so ist, wie sie grade ist. Dabei war er bloß voll ehrlich zu uns.

In letzter Zeit war er megastill, ich hab ihn vielleicht zu sehr in Ruhe gelassen. Ich hab ihn nicht mal viel am Tablet gesehn. Er ist nicht lachend und grinsend durch die Wohnung gelaufen. Hat nicht so gestrahlt wie sonst. Nicht so ’n bisschen vorwitzig, wie er uns sonst zum Lachen bringt. Ich glaub, das ist gar nicht gut, Bro! Weil ich mein, Kids müssen gute Stimmung machen, ihre Eltern mit ihrem Lachen unterhalten, witzige Dinge sagen.

Der Alte läuft mit sooo ’ner Miene rum, ist noch schlechter gelaunt als sonst, er schert sich überhaupt nicht um Ali, mein beknackter Vater, verdammt, keine Ahnung, was sein verficktes Problem ist! Schön für dich, dass du erschöpft von der Arbeit bist, aber gib deinem jüngsten Sohn gefälligst ’n bisschen Aufmerksamkeit, Papa Ji! Aber nein, dieser Loser von einem Verräter kommt nach Hause, isst was, geht ins Bett. Der denkt wohl, ach, ich hab Kinder gemacht, um Kinder gemacht zu haben, und das war’s dann!

Papa stellt sich an wie ’n zehnjähriges, kindisches Kind, yo! Mama kümmert sich jedenfalls viel um Ali, nimmt ihn auf den Schoß, interessiert sich für alles, was er tut, die zwei machen was zusammen, chillen, machen’s sich gemütlich. Sie haben jedenfalls eine Verbindung! So gesehn bin ich stolz auf Mama.

Arif versucht, mir was zu erklären, aber es ist, als hätt ich Watte im Hirn und in den Ohren. Ich kapier grade so, dass er fragt:

»Brudi, warum sieht man eigentlich nie Babytauben in der Stadt?«

Ich hör nicht zu, ernsthaft, ich hab noch nie drüber nachgedacht, warum man keine Babytauben in der Stadt sieht. Keine Ahnung, was das ist, nenn es Großer-Bruder-Gefühl, Instinkt, oder wie das heißt, aber ich heb den Blick zur elften Etage und zuck zusammen, als ich Ali auf dem Balkon seh. Was macht er da? Warum steht er da am Geländer und guckt runter?

Ich versuch, ihn zu rufen, aber er steht nur so da. Hört mich nicht. Ich ruf noch mal.

»Ali!«

Etwas steckt in meinem Hals. Ich schwitz, ohne zu wissen, wieso ich schwitz, ich bin jetzt nicht grade 'n Marathon gelaufen, Alter. Ali steht bloß da, so versunken. Er beugt sich übers Geländer. Und irgendwas in mir drin sagt mir, dass ich mich verflucht noch mal beeilen und meinen mandelbraunen Arsch so schnell wie möglich die verfickten Treppen hoch zum Balkon bewegen muss.

Ich hör Arif was sagen, aber seine Stimme verschwindet, während ich zur Haustür renn, aufschließ und die Treppen hochhaste. Verdammt, warum sind wir nicht arbeitslos, kriegen Geld vom Staat und wohnen im Erdgeschoss? Warum zum Teufel müssen wir so hart arbeitende Ausländer sein, die 'ne Aussicht übern Wald haben wolln und im fucking elften Stock wohnen? Weil aus'm Erdgeschoss kann man nicht springen, man ist selten blöd, wenn man sich dabei verletzt, kapierste? Wenn du aus'm Erdgeschoss fällst, landest du in so 'nem witzigen Video auf YouTube. Aber aus dem elften …

Ich zieh die Schlüssel so schnell ich kann hervor, zitter sie aus der Tasche. Schließ auf und lauf rein. Hör meine Mutter: »Sag gefälligst As-salamu alaikum, wenn du reinkommst, oiiieee, das hab ich dir schon tausend Mal gesagt.« Ich renn an Mamas Predigt vorbei, ich kann ihr später erklären, wieso. Von mir aus kann sie so viele Schlappen nach mir schmeißen, wie sie will!

Ich lauf durchs Wohnzimmer, wo der Onkel sitzt und 'nen Schluck aus der Spriteflasche nimmt, während Kricket läuft. Die Balkontür steht offen. Ich seh keinen Ali. Ich beug mich übers Geländer und guck runter. Versuch zu erkennen, ob er irgendwo da unten ist.

Ich kapier schnell, wie dumm der Gedanke ist. Da ist nicht mehr zu sehn als irgend so ’ne Schnapsleiche, die zum Mini-Markt trottet, um ihr Sozialgeld zu versaufen. Ich check zur Sicherheit noch mal, ob wirklich kein Junge auf dem Asphalt gelandet ist, in ’ner riesigen Blutlache plus Hirnmasse drum herum oder so was. Aber nix zu sehn.

Ich hetz in unser Zimmer, da liegt Ali in seinem Bett und hat sich zu ’nem Ball zusammengerollt. Er friert. Ich krieg Lust, richtig hart auf ihn einzuprügeln, er hat mich völlig kirre im Kopf gemacht! Scheiße, Mann! Ich geh zu ihm und umarm ihn so fest, wie’s nur geht, sein Gesicht ist saukalt, ich wickel ihn in seine Decke und halt ihn, so fest ich kann. Küss den verdammten Scheißer mindestens fünfzig Mal auf die Wange, dann frag ich stinksauer: »Du Idiot, was machst du denn? Was zur Hölle hast du da getrieben? Antworte mir, bevor ich mich vergesse!«

Er guckt mich aus verheulten Augen an, ein Blick direkt in meine Seele. Kein Scheiß, Digga. Fuck, er ist mein Bruder, und trotzdem zeigt er mir, dass er sich allein fühlt mit all dem Neuen, das ihn verwirrt. Keine Ahnung, was mit mir passiert, aber in dem Moment verspricht etwas tief in mir, dass er sich nie mehr allein fühlen muss, dass ich das ganze Leben lang für ihn da sein werd! Echt jetzt, ich glaub, er sieht mir das an. Er weiß, dass ich ihn mehr als alles andre auf der Welt lieb.

Ich hör Schritte näher kommen und weiß gleich, dass es Mama ist. Sie kommt rein, sieht Ali in die Decke gewickelt, setzt sich zu ihm. Sie sieht aus wie ’n erschöpftes Fragezeichen, ich kann in ihren Augen sehn, dass sie viele Fragen im Kopf hat, genau wie ich. Ich erklär ihr alles, erzähl ihr, dass ich gedacht hab, ich find den Scheißkerl da unten zermatscht wieder, aber ich dank Gott oben im Himmel vierhundert Mal in meinem Herzen, dass nix passiert ist. Ich sag ihr, dass wir ihn nicht so viel allein lassen dürfen. Das haben wir falsch gemacht. Wir müssen die ganze Zeit auf ihn aufpassen. Ich erklär Mama, dass Ali denkt, er ist schuld, dass Papa so kalt ist, ihn nicht umarmt, wenn er vom Taxifahren nach Hause kommt, ihn nicht küsst, ihm nicht durch die Haare wuschelt oder mit ihm kuschelt. Ich erzähl ihr, dass die Jungs im Viertel so gemein zu Ali waren. Und dass mein Kopf fast explodiert ist.

Mama guckt mich an. Ich kann sehn, dass sie wütend auf Papa ist, das spür ich. Bei uns ist schon seit Tagen 'ne Stimmung wie auf'm Friedhof. Sie nimmt Ali in den Arm, küsst ihn sooo oft, dass man's gar nicht zählen kann. Kuss und Kuss und Kuss.

Ali ist zwischen ihren Brüsten eingeklemmt. Sie lässt echt nicht locker, diese Frau. Und dann lächel ich ihn an, sag geradeheraus: »Ali, du bist nicht allein, ich bin für dich da. Ich pass die ganze Zeit auf dich auf, okay?« Er guckt mich an und nickt, sein Gesicht sagt, ja, ich verlass mich auf dich. Ich küss seine Hände und hab gleichzeitig so krass Tränen im Gesicht. Hallo? Und so sitzen wir da, wie in 'nem verdammt schlechten Film, und flennen.

Nach ’ner Weile geh ich ins Wohnzimmer, der Onkel sitzt immer noch da und sieht sich das lääängste Kricketspiel der Welt an! Es scheint überhaupt kein Ende zu nehmen. Der Onkel fragt mich, ob’s mir gut geht, ich komm nicht dazu, ihm zu antworten, weil ich hör Papa zur Haustür reinkommen, er legt sich sicher ’n bisschen hin und fährt dann wieder zur Arbeit. Dem Kerl ist’s verdammt nochmal scheißegal, wie’s uns geht, und ich würd echt am liebsten auf ihn losgehn, doch dann wird mir schlagartig klar, das ist mein Vater, Mann.

In dem Moment kommt Mama mit Ali an der Hand ins Wohnzimmer, aber he! Ob das jetzt gut ist oder nicht, keine Ahnung! Vielleicht wollt sie Abendessen machen. Aber so, wie sie Papa anguckt, Aaaalter. Ich glaub, die hasst seine Fresse, weil sie scheint nicht sonderlich happy darüber, den Mann zu sehn, mit dem sie seit achtzehn Jahren verheiratet ist. Also, ich erkenne jedenfalls nicht viel Liebe in ihrem Blick, Bruder! Sie scheint ihm am liebsten in die Fresse hauen zu wolln, so richtig eine verpassen zu wolln, sie sieht heftig geladen aus. Ich seh, wie sie versucht, sich zusammenzureißen, aber ohne Erfolg. Sie guckt mich an, guckt den Onkel an, der auf der Couch sitzt, guckt Papa an, guckt den kleinen Ali an.

Sie sagt zu Papa, dass sein Sohn sehr traurig ist und den ganzen Tag nur im Bett liegt, dass er klein ist, seinen Vater braucht, nicht viel von der Welt oder dem Leben weiß, aber Papa es mit seinem beschissenen Verhalten geschafft hat, ihn mental so fertigzumachen, dass Ali völlig deprimiert, bedrückt und traurig ist.

»Bist du jetzt zufrieden mit dir, Maqsood? Bist du stolz auf dein Verhalten? Du umarmst deinen Sohn nicht, als hätte er 'ne Krankheit, schaust ihm nicht in die Augen, gibst ihm keinen Kuss. Was für ein Vater bist du eigentlich? Warum verbringst du keine Zeit mit ihm? Wann benimmst du dich endlich wieder normal?«

Der Sack antwortet nicht. Steht einfach nur schweigend da.

»Weißt du was? Ich bin froh, ihn zu haben, er weiß in jedem Fall, dass zumindest seine Mama für ihn da ist! Und nicht irgendwelchen Fremden in den Arsch kriecht, irgendwelchen Leuten, die wir nicht einmal kennen.«

Dann macht sie 'ne Pause und wechselt in 'nen Rage-Mode.

»WENN MEINEM KIND WEGEN DIR UND DEINEM VERHALTEN IRGENDETWAS ZUSTÖSST, DANN ZERTEIL ICH DICH IN TAUSEND KLEINE STÜCKE! DU RÄUDIGER KÖTER!«

Verdammte Scheiße, Bro. Jetzt weint Mama nur noch, jault, schreit, heult, Alter! Jetzt sprudelt aus ihr raus, was sie im Inneren mit rumgeschleppt hat, und Papa bekommt es voll ab! Der hält die Klappe und hört einfach nur zu. Er sieht aus, als würden seine Schultern plötzlich mehrere Tonnen wiegen. Seine Frau rastet einfach mal brutalst aus!

Der Onkel macht das Spiel aus. Er sitzt in Schockstarre da und weiß nicht, was um alles in der Welt da grade vor seinen Augen passiert. Mama guckt ihm direkt in die Augen, sie kümmert es nicht.

»Ali fühlt sich als Mädchen und dein Bruder bringt seinem Sohn keinen einzigen Ausdruck väterlicher Liebe mehr entgegen. Er hat nämlich zu große Angst vor seinen Taxi-Leuten! Ich weiß, dass du's bei eurer ach so tollen Familie in Pakistan rumtratschen wirst, aber mach nur. Meine Schlappen haben keine Angst vor denen!«

Und dann hält sie ihm die Sohle vom Schlappen unter die Nase, da hängt irgendwas Klebriges dran, 'ne zermatschte Weintraube oder so.

»Von euch erwarte ich gar nichts andres, ihr könnt ja auch sonst nicht viel. Leute verletzen ist doch das Einzige, was ihr zustande bringt, kein Mitleid haben. Richte eurer Familie 'nen Gruß von mir aus. IHR KÖNNT ALLESAMT ZUR HÖLLE FAHREN!«

Als ich Mama so dastehn seh, mit zerzausten Haaren und Tränen in den Augen, zerreißt's mich innerlich. Was für'n verfluchtes Scheißleben, Alter! Was für'n verfluchtes Paki-Leben!

Mama befiehlt dem Onkel, 'ne Runde um den Block zu drehn, er soll sich 'ne Flasche Sprite kaufen, sich auf 'ne Bank setzen, trinken und rülpsen! Genau so sagt sie's, Mann. Der Onkel steht schweigend auf, geht in den Flur, zieht seine Schuhe an und geht raus. Als ob er checkt, dass sich grade sogar Sultan Rahi vor Mama in die Hose pissen würd. Sie verspeist Sultan Rahi zum Frühstück, Bruder!

Und da fängt Papa leise an zu reden, versucht's zu erklären. Sagt, er hat voll Schiss davor, was seine Familie und die Leute bei der Arbeit sagen werden, wenn sie rauskriegen, dass sein Sohn verwirrt ist. Er denkt ständig drüber nach und es ist ihm jedes Mal peinlich. Papa sagt, wahrscheinlich ist's nur so 'ne Phase, mit der Zeit und mit Gottes Hilfe geht das sicher vorbei. Aber ich erklär ihm so gut ich kann, dass das nicht nur so 'ne Phase ist, die mit Beten weggeht. Ich sag, dass mein kleiner Bruder Mamas Mughal-Schmuck mag, den sie für Feste und Hochzeiten und so gekauft hat. Ich sag, dass Ali sich auf Instagram voll oft pakistanische und indische Mode ansieht. Er mag die gleichen Lieder wie Mama, so voll romantisch halt, er mag Hochzeitslieder, als wenn er selber gern 'ne Braut wär, Mann! Er guckt gern Malaika Arora beim Tanzen zu. Er tanzt gern zu »Munni badnaam hui«, er kann die Frauen-Tanzschritte von so Bollywood-Filmen, und zwar riiichtig gut, verstehste? Mehr Mädchen geht echt nicht! Ich bin voll geflasht, dass Papa weiß, wer Malaika Arora ist, weil er gibt mir mit den Augen zu verstehn, dass er sie kennt, sie ist hotter als hot, Mann! Guck einfach mal 'n paar Tanzvideos von ihr auf YouTube. Aaah ja, das macht Papa also, wenn er im Taxi sitzt und auf den nächsten Kunden wartet?

Mama versucht, ihm Vernunft einzutrichtern, keine Ahnung, ob's was bringt.

»Maqsood, wenn du nur danach lebst, was die Leute um dich rum sagen, und nach ihrer Pfeife tanzt, dann kannst du genauso gut in 'nen Brunnen springen und dort unten bleiben! Oder dein eigenes Grab schaufeln und dich reinlegen! Wenn du willst, dann helf ich dir beim Graben.«

Ich seh, dass da so ’n ganzes Gewitter in ihr tobt. Eigentlich will sie, glaub ich, dass er sich mehr wie ’n Mann verhält, tougher ist, Eier hat. Aber wie er so dasteht, mit hängendem Kopf, sieht er aus wie ’n feiges Miezekätzchen, das nicht weiß, was es tun soll. Da ist er die ganze Zeit mit seinem Rücken beschäftigt, hält uns dazu ständig Predigten und hat jetzt selber Schiss um seinen Arsch!

Ich hab viel zum Thema gegoogelt, also kenn ich mich ganz gut aus. Ich geb Papa ’n paar nützliche Infos, damit er die Lage besser blickt. Ich steck ihm, dass mein kleiner Bruder von nun an das norwegische Recht auf seiner Seite hat, und zwar weil keiner ’nen andern diskriminieren darf. Ich glaub, Papa wird ’n bisschen nervös, als ich das erzähl, er denkt sicher, er verliert seinen Job, wenn so ’n Bullshit rauskommt, wie dass er den eigenen Sohn diskriminiert hat und kein Verständnis für ihn hatte. Er muss sich echt ranhalten, über seine Nasenspitze hinausdenken und ordentlich mit seinem Sohn bonden. Nicht nur Vorurteile gegen sein Kind haben, sondern versuchen, es auf ’ne neue Art kennenzulernen! Um ihm Angst einzujagen, sag ich: »Und, Papa, du bist nicht nach Norwegen gekommen … um norwegische Gesetze zu brechen.«

Da wird er plötzlich konzentriert, dieser Heuchler! Dieser Wannabe-Verbrecher! Ich erzähl Papa und Mama, dass das richtige norwegische Wort dafür, wie Ali sich fühlt, transgender ist.

Papa hört zu. Mein kleiner Bruder sitzt zusammengekauert auf’m Sofa und guckt uns einfach nur an. Mama hat sich neben ihn gesetzt, hält seine Hand und küsst sie immer wieder.

Papa sagt, jetzt muss er sicher schon mal anfangen, auf 'ne OP für Ali in Pakistan oder Thailand zu sparen, Mama wird sauer und sagt, er soll Ali Zeit geben und nicht übertreiben und überhaupt nicht so grob sein. Ali muss Zeit und Gelegenheit kriegen, sich selber auf neue Art und Weise kennenzulernen, und wir müssen ihn so gut es geht unterstützen. Ich steh so da und denk, wir sind 'ne echt norwegische Familie geworden. Wenn Erna uns jetzt sehn könnte! Mama sagt: »Er muss sich selbst finden.« Ich denk nur so: Fuck off, verdammte Arschlöcher, wenn ich mich bei 'nem Waldspaziergang selber finden will, krieg ich von euch eine drüber. Aber sobald der kleine Scheißer sich selber finden will, seid ihr voll dabei und gebt ihm Zeit und allen möglichen andren Kram! Ihr Fake-Kartoffeln! Was kommt als Nächstes? Dass sich Mama und Papa zu so 'nem »Wenn das Kind trans ist«-Kurs anmelden? Wo sie ihre Gefühle offen aussprechen können, ihre Tochter, die sie bisher für ihren Sohn gehalten haben, besser kennenlernen und mit andren Eltern Kaffee trinken und Waffeln essen?

Papa und Mama wissen voll wenig über Norwegen und die norwegische Gesellschaft, und ich kapier ja auch, wieso. Sie sind halt einfache Arbeiter, sind fast ihr ganzes Leben lang straight zur Arbeit und von da straight wieder nach Hause gefahren. Daher muss ich ihnen 'n paar Dinge erklären, sie aufklären.

Ich erzähl ihnen, dass Ali mit der Zeit Hormone kriegen kann, Operationen sind teuer in Norwegen, aber man kann eine bei der Krankenkasse beantragen. Ich erklär ihnen auch, dass er 'ne Behandlung kriegen kann, die die Pubertät unterdrückt, damit er keine tiefe Männerstimme kriegt. Das ist alles neu für sie, aber auch faszinierend. Gleichzeitig beton ich aber noch mal:

»Es ist ja gar nicht klar, ob Ali das alles überhaupt will, aber lieber mal vorbereitet sein. Nur damit ihr's schon mal gehört habt.« Ich komm mir vor wie so 'n schlauer Prof mit so 'm Master in Geschlechtsangleichung.

Ich erzähl Papa alles, was ich weiß, lass nix aus. Auch nicht, was für'n Schiss mein kleiner Bruder hatte und dass es ihm echt grottig gegangen ist. Und frag Papa, wie er noch in den Spiegel hätte sehn können, wenn sein Sohn megadepriimiert wär, irgend 'ne Scheiße gebaut hätte, aus'm Fenster gesprungen wär?

Mama guckt mich voll stolz an, als wär ich längst an der Uni! Aber das hier ist die Schule des Lebens, Bro, die Uni des Lebens, die gilt's als Erstes zu bestehn, Mann! Gleichzeitig versuch ich Papa zu beruhigen, ich will ihn ja nicht grundlos noch mehr stressen. Trotz allem hab ich ihn lieb, selbst wenn er nonstop von mir massiert werden will und vor der Meinung andrer kriecht, er ist immer noch mein Vater. Rackert sich jeden Tag stundenlang den Arsch ab, damit Ali und ich 'n bessres Leben kriegen, Bruder!

Mama sagt zu Papa: »Es ist strengstens verboten, trans Menschen zu verspotten, zu mobben oder zu schlagen, auch im Islam. Wir dürfen nicht vergessen, dass Allah im Himmel sie so geschaffen hat.«

Da erwacht Papa ein wenig aus seinem Dämmerzustand. Ali kümmert's nicht, dass wir über ihn reden, er hat sein Tablet angemacht und zieht sich Schminkvideos bei YouTube rein.

Papa zittert. Bittet Gott um Vergebung. Sagt mehrmals:

»Wir müssen Geduld haben, erst mal abwarten.« Mama lacht ihn 'n bisschen aus.

»Warum bittest du um Vergebung? Hat nicht Allah selbst Ali so geschaffen? Oder hast du etwa Angst um deinen eigenen Arsch? Davor, in der Hölle zu schmoren? Du Heuchler.«

Papa wagt es nicht, auch nur irgendwas zu erwidern. Allerdings beruhigt er sich 'n bisschen, schaut rüber zu Ali. Der merkt, dass Papa ihn beobachtet, legt das Tablet weg und erzählt Papa, dass er rosa Klamotten mag. Papa schüttelt sich, sieht aus, als wär grad seine ganze Taxi-Welt zusammengebrochen, Mann. Er hat noch immer die feinen Slipper aus'm Taxi an den Füßen und wippt mit einem davon auf und ab. Papa steckt tief in Gedanken. Als würd er da drinnen im Kopf 'nen ganz eigenen Kampf kämpfen, in seinem Herzen.

Man könnt meinen, er wollt sich prügeln, denn er hat die Fäuste geballt. Er beißt sich auf die Lippe, starrt vor sich hin. Mein kleiner Bruder steht auf und geht in Papas und Mamas Schlafzimmer. Er kommt in 'nem Oberteil von Mama zurück, hat dazu 'ne Mughal-Kette um den Hals. Er rennt zu Papa und sagt: »Guck mal, Papa, seh ich nicht schön aus?«

Papa fängt an zu schluchzen und zu zittern. Alter, er geht vor Ali runter auf die Knie und küsst dessen Hände, küsst ihn überall. Und küsst ihn und küsst ihn und küsst ihn. Der Mann steckt voller Liebe, es hat nur 'n bisschen gedauert, sie aus ihm rauszukriegen, mehrere Wochen halt.

Er weint, noch nie hab ich ihn weinen sehn. Ich dacht, er hätt was mit sich selber vereinbart, so: »Ich bin nicht nach Norwegen gekommen, um zu weinen. Meine Tränen hab ich in Pakistan gelassen.«

Endlich seh ich Papa mal Gefühle zeigen und denk, das ist echt mal gesund für den Mann. Er muss das auch mal rauslassen. Arme Arbeitsmaschine.

Plötzlich legt Papa mir 'ne Hand auf die Schulter, ich denk schon, gleich kommt der Schlag, und zwar voll ins Gesicht. Ich stell mir vor, wie mich Papa mehrfach bitchslappt, aber er guckt mich stolz an und lächelt ausnahmsweise mal. Brooo, es ist wie am Ende von so 'nem megakitschigen Film, ich komm mir 'n bisschen wie 'n Held vor, weißte, was ich mein? Ein echt pakistanischer Held!

Dann nimmt Papa meinen kleinen Bruder bei der Hand, sagt zu ihm: »Los, wir gucken zusammen was auf YouTube, zeig mir ein paar von deinen Lieblingsvideos und hol uns zwei Krone-Is aus der Tiefkühltruhe.« Mein kleiner Bruder gehorcht, läuft in die Küche und macht dabei mit Mamas Schmuck so Klirrgeräusche wie Ruth mit ihren Pilsflaschen in der Tüte. Er holt das Krone-Is, das gar keine Krone pro Eis kostet, aber das scheint Papa grade egal zu sein.

Was geht? Der Mann hat ja 'n Herz in der Brust, gleich hinterm Taxi-Logo auf der Brusttasche!

Mama bittet mich, mich hinzusetzen. Führt 'n richtiges Mutter-Sohn-Gespräch mit mir. Übergibt mir Verantwortung und segnet mich, liest heilige Texte und pustet auf meinen Körper. Das tut sie aus Sorge, sie betet, dass ich 'n langes Leben hab und das ausführen kann, wofür sie mir die Verantwortung gibt. Sie guckt mir tief in die Augen.

»Du musst auf ihn aufpassen, mein Sohn. Lass ihm nichts zustoßen, es ist nicht einfach, es ist überhaupt nicht einfach. Ich bin seine Mutter, hab ihn hier drin gehabt.«

Und dann fasst sie sich leicht an den Bauch, da werd ich

sentimental, Mann. Verdammt, ich werd so richtig Seifenoper-emotional, Alter. Die Frau zeigt mir Gefühle und keine Schlappen in unterschiedlichen Schlagstärken, Bruder! Sie sagt: »Lass Ali niemals im Stich, Mahmoud, setz dich her und schwör bei Gott. Leg deine Hand auf meinen Kopf und schwör beim Leben deiner Mutter.«

Alter, sie schafft voll die Bollywood-Stimmung, das Einzige, was noch fehlt, ist so kitschige Hintergrundmusik. Ich leg ihr 'ne Hand auf den Kopf und sag so: »Ich versprech's, Mama, ich pass auf ihn auf. Ich schwöre.« Dann will ich so »Wallah« sagen wie 'n echtes Ghetto-Kid, aber ich glaub, das mit »Wallah« würd sie eh nicht checken. Sie küsst mich. Umarmt mich. Und dann tu ich was, von dem ich niemals gedacht hätt, dass ich's jemals tu, ich wisch ihr die Tränen weg, Alter, mit meiner Hand!

Ich sag zu Mama, dass ich rausgehen und nach dem Onkel sehen will. Er ist ziemlich gechillt, sag ich ihr, man kann mit ihm reden. Er ist echt nicht so loco im Kopf wie der Rest von Papas Familie.

Ich lauf die Treppen runter, geh raus und guck mich um, da sitzt der Onkel auf einer der Bänke und trinkt in ruhigen Schlucken aus der Spriteflasche, die er sich gekauft hat. Der und seine Sprite, die müssten ihn eigentlich sponsern. Ich geh hin, frag ihn, ob's ihm gut geht. Er wirkt ganz relaxt, nicht so geschockt, wie ich gedacht hätt. Er schaut mich an, sieht aus, als hätt er ewig nachgedacht, weil er hat so Falten auf der Stirn.

»In Pakistan hat man's nicht leicht, wenn man im falschen Körper geboren wird. Sei froh, dass ihr in Norwegen wohnt, hier gibt's immerhin ein System, das euch helfen kann.«

Er macht eine Pause, bevor er weiterspricht.

»Eins bewunder ich in Norwegen und in Oslo, und das ist, dass du sein kannst, wie du willst!«

Ich nicke und stimm ihm so zu, Mann! Und dabei denk ich in mir drin, ja, man kann hier alles sein, nur vielleicht kein Muslim, dann ist man nämlich nicht so beliebt! Aber das erzähl ich dem Onkel nicht, er bekommt sonst noch 'nen schlechten Eindruck vom Land und den Leuten, er ist jetzt 'n richtiger Norwegen-Fan, das Bild soll er ruhig im Kopf behalten, Bruder.

Der Onkel nimmt meine Hand.

»Denk nicht so viel drüber nach, dass ich allen in Pakistan davon erzählen könnte. Ihr seid meine Neffen, ich mag euch sehr. Ich liebe euch, ich bin doch euer Onkel. Jeder soll machen, was er will, und sein Leben leben, so wie er will!«

Ich schwör, ich umarm ihn so fest, so was hab ich jetzt gebraucht. Der Onkel ist intensivintegriert worden, yo, so 'ne Eilintegration, das ist brillant! Die Politiker sollten so 'n Paket schnüren, oder ich kann ihnen helfen, Bruder. Ich nenn es: »Mahmouds Eilintegrationspaket: Kabeljau, Lomper, Glitzer, 'nen Porno-Homo-Bart zum Ankleben, Brunost, Käsehobel plus so 'ne kleine silberne Krawattenklammer on top«. Und noch 'n Mahmoud-Pulli, klar, den darf man nicht vergessen. Geschafft, Digga!

Erna Solberg wär megastolz auf mein Paket, und auf meinen Onkel auch! Schade, dass er zurückmuss, weil mit seinem Pornobart könnt er gleichzeitig Sprachrohr für die Trondheimer und für die Tunten sein, kein Witz jetzt!

Der Onkel fragt mich, ob ich was von der Sprite will, ich nehm den größten Schluck ever, Bro, weil ich so megadurstig bin und mein Mund so richtig ausgedörrt ist.

Ich hör den Onkel was sagen:

»Unterstützt den Kleinen, so gut ihr könnt. Nehmt keinen falschen Abzweig im Leben, das werdet ihr später bereuen.«

Mein lieber, süßer Onkel Ji macht mich wirklich stolz.

Ich lass ihn in Ruhe, vielleicht will er noch was auf der Bank entspannen. Vielleicht ist das alles ein bisschen viel für den Armen, er wollte doch bloß das kleine, große Oslo und das lang gestreckte Norwegen sehn, und dann hat er das hier serviert bekommen.

Ich bin schon auf dem Weg zu unserm Haus, als ich ihn plötzlich hinter mir hör, auf seiner Bank.

»Kann man dem Staat nicht sagen, dass ihr den kleinen Ali nicht akzeptiert, dass er bei euch furchtbar leidet und ich mich um ihn kümmern muss? Dass ich richtig nett bin und auf ihn aufpass und so? Dann können die doch bestimmt 'ne Wohnung für mich und Ali organisieren. Wir tun dann so, als wärt ihr nicht für ihn da und nur ich wär das. Vielleicht bekomm ich dann 'ne Aufenthaltsgenehmigung?«

Ich denk so, dieser Mistkerl, er hat den Traum von der Aufenthaltsgenehmigung in Norwegen ja doch noch immer nicht aufgegeben, Alter! Ich seh Hoffnung in den Augen vom Onkel, als wär das der genialste Plan ever, Mann, als würd Siv ihn hier wohnen lassen, nur damit er sich um Ali kümmert.

Der Onkel wartet gespannt, er glaubt, dass der rote norwegische Pass nicht mehr weit ist. Er wartet fast so drauf, dass ich ihm gleich seine norwegische Personennummer vorlese, mit elf Ziffern. Aber sorry, Alter, ich muss ihn enttäuschen, für den Fall der Fälle hab ich extra hochaufgelöste Fotos von Siv Jensen und Sylvi Listhaug auf'm Handy.

»Nein, Onkel Ji, das geht nicht, leider. Was feststeht, steht fest! Guck hier, diese zwei, die eine hat sogar 'n Kreuz um den Hals, siehst du? Sie ist vielleicht sogar noch schlimmer als die andre, das wissen wir noch nicht. Die Zeit wird's zeigen. Du musst zurück nach Pakistan!«

Ich umarm ihn lange.

»Diese Ziege da mit den kurzen Haaren ist ’ne richtige Schabracke! Aber die andre sieht auch nicht besser aus. Beide sind hinterhältig. Fehlt nur noch ’ne Lederpeitsche in der Hand! Und Lederstiefel mit hohen Absätzen, mit denen sie ...«

Ich kann sehn, dass der Onkel Schmerzen hat, als ob Siv und Sylvi seine Kronjuwelen schon mit ihren Lederstiefeln zermalmt hätten.

»Du musst zurück, Onkel Ji! Die und ihre Partei haben nicht mal Mitleid mit den Mittelmeerflüchtlingen, machen sich auf Facebook über die lustig, schreiben, dass sie keine mehr von denen aufnehmen werden, und du bist kein Mittelmeerflüchtling aus Syrien oder irgend’nem afrikanischen Land, nicht mal das. Die haben genug von euch! Euch zu integrieren ist so schwierig!«

Scheiße, ich fühl mich wie der schlimmste Politiker von den Rechten, wenn ich mich so reden hör! Ich kann doch nicht einfach »euch« sagen, ich bin doch »die«, ich selber?! Oder der Pakistani in mir wird so ’n Norweger mit pakistanischem Migrationshintergrund, wie das immer in den Medien heißt, wenn’s ’ne positive Schlagzeile über uns gibt.

Das Letzte, was ich hör, bevor ich zur Eingangstür vom Hochhaus geh, ist Onkel Ji, der in ziemlich gebrochenem Norwegisch ruft:

»Schaaß Bietsch, Siv UND Sylvi, schaaß Bietsches beide! Schaaß Schaaße! Die schaaßen auf Lomper?!«

Ich hab das Gefühl, ich hab mich diesen Sommer echt genug gestresst, viel zu viel ist passiert, ich muss mal chillen. Versuchen, den Sommer ’n bisschen zu genießen, auf meine

Art, nach so langer Zeit. Die Wochen der Sommerferien waren voll hart und anstrengend und so.

Als ich in die Wohnung komm, sitzen Ali und Papa zusammen auf'm Sofa und gucken was auf'm Tablet, Mama beobachtet Papa streng, sie überwacht ihn voll, lässt den Blick nicht von ihm. Aber ich denk so: »Hey, Mama, er versucht's doch, gib dem Armen wenigstens 'ne Chance.« Vielleicht ist sie auch so 'n bisschen stolz auf ihn, zwischendurch wirft sie ihm so warme Blicke zu, nicht nur strenge, das fällt mir gleich auf. Nur durch sein Verhalten kann Papa ihr Herz noch mehr zum Schmelzen bringen. Wenn er ihr Herz ganz schmilzt, dann bleibt nichts als 'ne Menge warme Liebe übrig. Ich hoffe es in mir drin. So 'ne eiskalte Familienstimmung, wie wir die so lange hatten, ist nämlich echt nicht schön, Bruder. Aber ich hoffe auch nicht, dass sie sich so vertragen und gleich ins Schlafzimmer gehn und so Hooga Booga machen, das muss auch nicht sein, weißte. Ich brauch echt nicht noch mehr Geschwister, ich hab 'n Leben vor mir. Und sicher null Bock, ständig zum Laden zu latschen, um Babybrei für 'nen kleinen Scheißer zu holen. Mir reicht voll und ganz ein kleiner Bruder, der eigentlich 'ne kleine Schwester ist.

Wir haben angefangen, Ali Alia zu nennen, zunächst aus Scheiß, zuerst fand er das schon echt komisch, aber auch witzig. Bisschen Selbstironie war noch nie verkehrt, Bruder!

Weißte, was das Beste am Namen Alia ist? Ich hab's auf Google gecheckt, Alia ist 'n Name, den gibt es bei Muslimen, Juden und Christen. Sie kann sich um 'nen Job bewerben und sogar einen bekommen, wenn sie alt genug dafür ist! Schlimmer wär's mit Fatima Khadija Aisha gewesen, was,

Brudi? Da hätt sie nur davon träumen können, mal ’nen Job zu kriegen. Jetzt kann dieser Dude mit dem Tommy-Hilfiger-Pullover ihr ’nen Job geben, Alia Mahroof kriegt später mal ’nen Job, Digga!

Mama schickt Papa mit Alia zum Einkaufscenter, er soll ihm Sommerkleider kaufen, ich meine ihr, plus Haarreifen.

Erst kriegt Papa voll den Schock, grübelt, ob er sich wirklich traut. Aber als sein Blick Mamas trifft, wird er wie so ’n Miezekätzchen, gaaanz zahm. Er denkt bestimmt an Womanpower und ihre Drohung, ich glaub, er beschließt, dass es sich nicht lohnt, nicht auf Mama zu hören. Er tut, was sie verlangt. Er weiß, dass ’n einsames Leben kein Leben ist. Und dass sein großer Bruder bald zurück nach Pakistan reist, dann hat er wieder nur uns hier.

Papa und Ali kommen aus dem Einkaufscenter zurück, Ali ist sooo happy, Bro! Er zeigt mir die neuen Klamotten, grinst übers ganze Gesicht. Mama umarmt ihn so und guckt Papa romantisch an. Wallah, ich hoff, die haben Kontrolle, weil die gucken sich jetzt viel zu oft so an. Aber Papa hat so ’ne Miene, die sagt, dass das Shopping nicht leicht für ihn war, er schluckt öfter und hat Schweiß auf der Stirn. Ich seh, wie sein Adamsapfel hüpft. Aber ich bin stolz auf ihn, er hat’s hingekriegt. Hat die Shoppingtour durchgezogen.

Ich seh Papa an, dass er die Sommerkleider mit Blumen, Schmetterlingen, Ponys und Einhörnern drauf schräg findet. Tief drinnen weiß ich nicht, was er denkt, aber sicher so was wie: »Ich bin nicht nach Norwegen gekommen, um Unterhosen mit *My Little Pony* drauf zu kaufen, wo ich doch zwei Söhne hab.«

Da würd ich am liebsten ganz direkt zu ihm sagen: »Oh ja, Papa Ji, du bist für ’ne Menge Merkwürdiges nach Norwegen gekommen! Man weiß nie, was das Leben bringt. Komm mal runter und fahr Taxi, Mann. Lies pakistanische Zeitungen und trink pakistanischen Tee. Dieser Mini-Weltuntergang in dir drin ist vorbei. Mach’s dir gemütlich, relax. Alia liebt dich. Du bist ’n hart arbeitender Papa. Wir alle lieben dich.«

Wir sitzen zusammen und frühstücken, alle bis auf Papa, der ist wie immer auf Arbeit. Mama macht sich ’nen Spaß draus, ihren Schwager zu testen, um rauszukriegen, ob sie auf ihn zählen kann. Weil, echt jetzt, wenn’s um ihre Kinder geht, kennt sie nix. Plötzlich sagt sie zu mir und Alia:

»Zieht euch an, Kinder, wir nehmen die U-Bahn zum Hauptbahnhof, wo euer Vater immer mit seinen Freunden rumsteht und auf Kunden wartet. Wir besuchen ihn. Euer Onkel kommt auch mit.«

Ich so zu ihr:

»Lass Papa in Ruhe, Mama!«

Aber nein, warum sollte Mama ihn in Ruhe lassen?

»Es ist nun mal so, dass die Familie schon mal bei der Arbeit vorbeikommt, an der Uni passiert das auch, da kommen die Kinder von den Mitarbeitern auch manchmal zu Besuch. Das ist immer sehr nett! Und wir fahren doch nur nach Oslo rein, da ist es ja wohl nicht verboten, wenn wir kurz bei eurem Vater vorbeischauen. Es ist ja nicht mal sicher, dass er da steht, vielleicht hat er ja auch endlich ’nen Kunden und ist unterwegs. Aber wenn er am Taxihalteplatz steht und eh nur wartet, dann sagen wir ihm kurz Hallo, vor all seinen

Kollegen. Hab ich eben beschlossen. Will er vielleicht sein ganzes Leben Verstecken spielen?«

Traut man sich, sich mit Mama anzulegen? Nein, man traut sich nicht, sich mit Mama anzulegen.

Wir nehmen also die U-Bahn in die Stadt, Alia hat so 'n Sommerkleid an, das sie mit Papa im Einkaufscenter gekauft hat, Taktik kann Mama, das ist mal klar. In letzter Zeit hat Mama Ali ordentlich rausgeputzt, ich glaub, ganz tief drinnen ist Mama froh, dass sie jetzt 'n Mini-Me hat. Alia sieht schick aus. Die Kleider sind nicht teuer, weil das können wir uns nicht leisten, aber sie sind schön. Ali ist hübsch als Mädchen.

Wir gehn zum Taxihalteplatz, dort, wo Papa immer auf Kunden wartet. Da ist er, plaudert mit Kollegen und wartet. Alia rennt zu ihm hin, springt an ihm hoch, damit er sie auf den Arm nimmt. Erst kriegt er 'nen brutalen Schreck, bestimmt würd er am liebsten aufs Dach der Oper laufen und von da runterspringen, weil's ihm so peinlich ist. Aber dann ist es, als würd sich was in ihm verwandeln, als ob er so richtig versteht, wer am wichtigsten ist, und er erzählt den andren, wer da zu Besuch gekommen ist.

»Das ist Ali.«

Ratsch! Es ist, als ob er ein Pflaster runterreißt und er schon weiß, dass es wehtun wird. Ein paar von den andern Fahrern gucken Ali komisch an, gucken Papa komisch an, mich, Mama und den Onkel. Der eine, so 'n alter Großvatertyp mit langem weißen Bart, sagt in strengem Ton zu Papa:

»Maqsood, bete zu Gott, auch deine Frau sollte mitmachen. Betet um Vergebung, ihr zwei, dann geht das schon vorbei! Seid geduldig. Das ist sicher eine Krankheit. Ihr zwei seid gestraft worden.«

Hallo, als Papa das hört, wird er rot wie ’ne Tomate, na ja, so braunrot halt! Er guckt dem Opa direkt ins Gesicht und wütet los:

»Ich bin nicht nach Norwegen gekommen, um für jeden Kleinkram um Vergebung zu bitten! Nicht jedes Mal, wenn was passiert, ist das eine Strafe Gottes! REG DICH AB, du religiöser Spinner!«

Mama guckt Papa stolz an, ihre Blicke treffen sich. Sicher ist sie froh, dass sie sich nicht um diesen Opa kümmern muss.

Ich hör, was Onkel Ji zu dem alten Knacker sagt:

»Und ich bin auch nicht nach Norwegen gekommen, um Schwachsinn über meinen Neffen, ähm, meine Nichte, zu hören. Vielleicht solltest DU Gott um Vergebung bitten, dafür, dass du die Leute so schnell verurteilst, alter Mann! Oder geh mal zum Psychologen, die sollen hier sehr gut darin sein, sich um Menschen zu kümmern, die ein Problem haben.«

Brudi, ischwör, Norwegen sollte den Onkel hierbleiben lassen, aber wenn Siv was nicht will, dann will sie es nicht.

Der Alte hält jetzt das Maul, trottet zu seinem Taxi. Ich glaub, Papa hat ’nen Kloß im Hals, weil er guckt Alia so an und sagt immer wieder »Mashalla«, während er sich zu ihr beugt und sie auf die Wange und die Stirn küsst, vor allen andern.

Papa richtet sich auf und umarmt den Onkel mit der festesten Umarmung ever. Der Onkel hält ihn und streicht ihm so übern Rücken, der Onkel ist größer als Papa, er guckt auf seinen kleinen Bruder runter und zeigt ihm, dass er stolz auf ihn ist.

Ich seh, wie Mama sich umdreht und Papa in die Augen guckt, sie lächelt ihn an. Ich glaub, sie ist stolz, so'n »Mein-Mann-hat-seine-Eier-zurück-und-steht-vor-anderen-Leuten-für-mich-und-meine-Kinder-ein-ich-muss-heute-Abend-mal-testen-ob-seine-Eier-noch-funktionieren«-Stolz.

Mama umarmt den Onkel in der U-Bahn, 'ne ordentliche Schwägerinnenumarmung ist das. Die hat sogar mehr Power als damals, als er ihr die Kanne geschenkt hat. Der Onkel lächelt, er sieht voll happy aus.

Ich sitz gegenüber von Mama und dem Onkel, hab den Arm um Alia gelegt und wuschle ihr so durch die Haare.

Mama drängelt Papa mega, noch enger mit Alia zu werden. Ich sitz am Küchentisch und trink Chai und seh, wie Ali aus dem Schlafzimmer kommt, mit Papa an der Hand, und ihn ins Wohnzimmer dirigiert und ihn bittet, 'nen indischen Film anzumachen. Also sitz ich jetzt hier und guck Papa zu, der 'nen echt laaangen Bollywood-Film mit Ali guckt. Der Film heißt *Bajrangi Bhaijaan.* Am Anfang starr ich Papa vom Küchentisch aus an und er sieht echt gelangweilt aus. Aber nach 'ner Weile scheint ihm die Geschichte zu gefallen, und er lacht mit Ali über die Szenen, die sie witzig findet, und wird traurig, wenn Ali traurig wird, echt jetzt, so geht Bonding, Bro.

Ich werd so 'n bisschen neidisch, denk so: ›Als ich kleiner war, hat Papa sich null um mich gekümmert, der ist bloß ständig Taxi gefahren! Jetzt sorgt Mama dafür, dass er weniger arbeitet und lieber was mit Alia macht. Vielleicht soll ich auch sagen, dass ich ein Mädchen bin, um mehr Papazeit zu kriegen.‹

Ich glaub, alle Eltern verkacken so 'n bisschen beim ersten Kind und beim zweiten machen sie es dann besser. Es braucht Zeit, gute Eltern zu werden. Mahmoud versteht alles. Mahmoud zeigt Verständnis für die Situation. Mahmoud ist 'n guter Mann! Papa labert ständig davon, seinen Mann zu stehn und mit geradem Rücken durchs Leben zu gehn. Jetzt ist sein eigener Rücken gerader geworden. Jetzt trinkt er Limo, isst Erdnüsse und guckt 'nen Film mit Alia. In dieser Familie so: Sag, dass du ein Mädchen bist, und du kriegst massig Liebe. So läuft das, Alter!

Alia genießt die Papazeit, immer wenn Papa nach Hause kommt, läuft sie zu ihm und umarmt ihn lange. Papa ist erst so: »Huch, was mach ich jetzt?« Aber am Ende schmilzt er dahin. Er lernt schnell. Weil er weiß, wenn Mama sein Verhalten nicht passt, packt die nämlich zwei Koffer, geht mit seinen beiden Kindern aus der Wohnungstür und nimmt das Taxi eines andern zum Frauenhaus. Das ist kein schönes Gefühl, für niemanden. So, wie ich Papa kenn, denkt er sicher so: »Ich bin nicht nach Norwegen gekommen und Taxifahrer geworden, um zuzusehen, wie meine Frau ins Taxi eines andern steigt und mich verlässt!«

Mama bringt Alia bei, sich zu schminken. Bisschen Rouge auf die Wangen, bisschen Eyeliner. Nur so zum Spaß. Und sie kauft ihr Schuhe, die klackern, das macht Alia megahappy. Weil ich 'n guter Bruder bin, kauf ich ihr Lippenstift, krass blutrote Farbe, aber ich sag zu Alia: »Nimm nur 'n bisschen davon. Nicht zu viel. Du willst schließlich nicht wie Joker von Batman aussehn!« Sie hört auf mich.

Alia schmiert sich Kokosöl in die Haare, das hilft beim Wachsen, jedenfalls in Pakistan behaupten sie das. Keine Ahnung, was norwegische Norweger sagen, aber Pakistanis wissen, dass Kokosöl die Haare schneller wachsen lässt. Jetzt riecht's jedes Mal nach Bounty, wenn Alia an mir vorbeigeht, also mir gefällt's.

Die Leute aus allen Wohnblocks tratschen, aber wir machen einfach weiter, es geht uns am Arsch vorbei. Mama und ich spazieren stolz mit Alia durchs Viertel, egal ob's zum Mini-Markt ist oder zum Einkaufscenter. Der Onkel war auch schon 'n paarmal mit.

Einige von den Jungs aus dem Viertel haben mich auf Snap und andern sozialen Medien geblockt, kichern jedes Mal wie kleine Mädchen, grinsen dreckig und verdrehen die Augen, wenn ich mit Alia an ihnen vorbeigeh, aber da geb ich 'nen Scheiß drauf. Ich behalt 'nen kühlen Kopf, halte Alia fest an der Hand und geh weiter. Milch und Brot muss ich schließlich kaufen, das Leben geht weiter.

Glaub mir, hier könnt einer an 'ner Überdosis verrecken, und das wär nicht so interessant wie die Sache mit Ali. Die Leute haben zu wenig zu tun, vielleicht sind die Nachrichten, die übers Satellitenfernsehn reinkommen, nicht mehr so spannend. Wenn jemand fragt, erzählen wir ganz einfach, wie es ist.

An manchen Tagen findet Ali das Leben schwierig, aber wir haben 'ne klare Abmachung, dass er dann zu mir kommen MUSS, um drüber zu reden. Sie kämpft ihren Kampf, jeden Tag. Eigentlich ist sie es, die Eier, so groß wie Kokosnüsse, hat. Sie lässt sich nicht brechen.

Während wir in unserm Zimmer abhängen, fragt Alia mich:

»Bhai, soll ich dir ein Freundschaftsband machen? Sollen wir zusammen fingerhäkeln?«

Da werd ich kurz ganz durcheinander im Kopf, denk so: ›Hallooo? Muss ich jetzt so Weiberkram machen? Voll der Mädchenquatsch!‹ Aber ich bin dabei und mach 'n Freundschaftsband, Bruder, kein Problem. Und ich trag's. Wenn so 'ne heeeiße Chaya in der neuen Schule mich fragt, warum ich so 'n Armband trag, werd ich sagen: »Meine kleine Schwester hat's für mich gehäkelt.« Ich werd dieses Freundschaftsband benutzen, wofür auch immer, Alter! Ich hoff, die Mädchen schmelzen nur so dahin und sagen: »Oooh, Mahmoud, voll süß von dir.« Ischwör, hoffentlich sagen die: »Du bist so süß! Oh, du bist so 'n guter großer Bruder!« Ich hoff auf Blicke, Bro, hoffentlich denken die auch so: »Hallo, du bist bestimmt 'n guter Boyfriend!« Vielleicht findet Mahmoud so 'ne Freundin, mal sehn. Dann hab ich drei Frauen in meinem Leben. Wird ziemliches Chaos dann, so Weibergekeife von drei Seiten.

Eines Tages, als wir draußen auf der Bank sitzen, fragt Alia mich plötzlich, ob sie nicht Camilla heißen kann. Ich erklär ihr: »Es muss ein muslimischer oder pakistanischer Name sein!« Sie kann jetzt nicht plötzlich Camilla oder Emma werden! Wannabe-Weiße! Es muss schon in 'nem bestimmten Rahmen bleiben und da passt Alia super. So integriert, dass sie Camilla heißt, muss sie jetzt auch nicht werden, es reicht, dass wir sie jetzt als Mädchen akzeptieren, Bruder. Sie testet echt die Grenzen aus!

Und dann verarsch ich sie, erschreck sie so voll.

»Bist du dir sicher, dass du dein Leben lang 'n Mädchen sein willst, Alia?«

Sie guckt mich an, versteht nicht richtig, was ich damit sagen will. Sie sitzt da wie 'n Fragezeichen, ich red weiter.

»Weil du weißt schon, dass wir dich zwingen werden, ’nen Hijab zu tragen, oder? So ’nen Kinder-Hijab!«

Sie guckt mich mit so ’nem Blick an, sie denkt sicher: ›Scheiße, mein neues Leben hat noch gar nicht richtig angefangen und diese verdammten Paki-Muslime wolln mich schon in ’nen Kinder-Hijab stecken!‹ Ich wuschle ihr durch die Haare und sag, dass ich doch nur Spaß mach. Sie beruhigt sich, aber ich hab immer noch ’nen Lachflash, weil ihr Gesichtsausdruck war voll wahnsinnig, Alter! Den ganzen Weg nach Hause zieh ich sie auf. Wenn sie meine kleine Schwester sein will, muss sie ’nen derben Scherz und brutalen Humor schon abkönnen, Bruder.

Innen drin denk ich so: ›Wahnsinn, wir sind jetzt so ’ne Kernfamilie, Bro, mit ’nem Jungen und ’nem Mädchen. Papa, Mama, Sohn, Tochter. Denk dran, auf den Plakaten, die für alles Mögliche werben, sind immer vier aus so ’ner Familie drauf. Die lächeln, die lachen. Die zeigen die weißesten Zähne. Die sehn immer glücklich aus. Wir sind jetzt happy, wir auch, wir müssen nur so weitermachen. Familie Mahroof.

Die Tage vergehn, und es kommt der Tag, an dem der Onkel tatsächlich seine Sachen packen und dorthin zurückmuss, wo er hergekommen ist. Siv Jensen feiert sicher mit Kaffee und Kuchen, sie und Sylvi Listhaug schmeißen so 'ne Pyjamaparty zusammen, schlürfen Rotwein und machen 'ne Kissenschlacht. Sie schreien bestimmt: »Tschüs, Onkel Ji!«

Wir fahrn den Onkel zum Flughafen. Machen im Taxi romantische pakistanische Lieder von Noor Jehan an, haben ein Lächeln im Gesicht, lachen und genießen die Sonne, die ins Auto scheint. Aber gleichzeitig spür ich Dunkelheit und Traurigkeit in mir. Ich fühl so 'ne Leere, der Onkel ist echt 'n irrer Kerl, Bruder! In mir drin weiß ich trotzdem, wie sehr ich ihn und sein Gerülpse vermissen werd. Genauso wie seinen Schnurrbart, Mann, der ist brutal.

Der Onkel dreht sich um und guckt mich an.

»Jetzt fühl ich mich, als wär ich auf direktem Weg zum Ende der Welt, so im Herzen. Ich werde euch so sehr vermissen. Wir hatten echt Spaß in Oslo, Mahmoud.«

Er zwinkert mir zu. Ich krieg 'nen Kloß im Hals, nehm seine Hand und nicke.

Am Flughafen müssen wir beim Check-in die Koffer vom Onkel auspacken, weil Mama hat viel zu viel Kram reingestopft, viele Kilos zu viel. Wer Extra-Kilos mitnehmen will, muss blechen, und wolln Pakistanis auch nur für ein einziges Kilo extra zahlen? Nein, Brudi! Niemals! Also nehmen wir alles Überschüssige raus und packen's in zerschlissene Tüten, die grade noch so als Tüte durchgehn. Danach legen wir die Koffer wieder aufs Band, sie sind innerhalb des erlaubten Gewichts.

Ich scherz 'n bisschen mit dem Onkel darüber, was wir alles Lustiges und Cooles unternommen haben, und erinner ihn an alles, was er komisch fand. Er lacht, doch gleichzeitig füllen sich seine Augen mit Tränen, weil er hat echt Spaß gehabt. Ja, die Sommerferien waren ein wenig anders, als er und wir vielleicht erwartet hatten, aber hey, Bro, so ist das Leben!

Der Onkel hat in Norwegen so viel erlebt, man könnt meinen, er hat 'nen Kulturschock gekriegt, aber ich schwör, er wirkt wie 'n ganz neuer Mensch.

Als Ali den Onkel umarmen will, beugt der sich in aller Ruhe runter, greift nach seinem Koffer, zieht 'ne Elsa-Puppe raus und gibt sie Ali. Und dann hör ich ihn sagen: »Du musst nicht mit Ben 10, 'ner Plastik-AK47 oder 'ner Beretta-Schrotflinte spielen, wenn du nicht willst!« Er zwinkert Alia zu und drückt ihr 'nen fetten Kuss auf die Wange. Alia ist überglücklich, und ich auch, weil ich denk mir so: »Nice, 'n bisschen Geld gespart! Jetzt brauch ich ihr keine Puppe aus der Disney-Collection kaufen, die sind nämlich echt teuer, Mann!«

Ich bin scheißstolz auf den Onkel. Siv hat ja keinen Plan,

was für'n Vorzeigebürger ihr da durch die Lappen geht. Vorintegriert und das ganze Programm, Mann! Kommt als Fertigprodukt, Bruder!

Mama umarmt den Onkel, mustert ihn mit Stolz in den Augen. Als Papa an der Reihe ist, sagt der Onkel zu ihm: »Pass auf deine Familie auf, Maqsood, du hast wirklich Glück, bist gesegnet. Vergiss das niemals.«

Ich guck Papa an und hoff, er hört auf den Rat von seinem großen Bruder.

Jetzt bin ich an der Reihe, der Onkel guckt mich laaange an. Gibt mir 'nen langen Kuss auf die Stirn.

»Ganz sicher, dass ... ich keine Chance hab?«

Erst check ich nicht, was er meint, aber der Onkel fährt fort, bevor ich Zeit zum Antworten hab.

»Ich könnte doch sagen, dass ich eigentlich eine Frau bin?! Dass ich ... deine Tante bin!«

Das gibt mir den Rest, ich greif nach seinem Porno-Bart, zieh 'n bisschen dran.

»Onkel Ji, lieber, liiieeber Onkel Ji. Läuft nicht! Du bleibst 'n Onkel. Und ich bin froh drüber. Wenn alle um mich rum plötzlich was andres wären, würd ich bekloppt werden. Außerdem hättest du als Tante nicht deinen coolen Schnurrbart.«

Papa unterbricht uns.

»Immer langsam, Bhai! Ich bin nicht nach Norwegen gekommen, damit mein großer Bruder meine große Schwester wird.«

Aaaalter, Papa und Selbstironie, der Kerl hat ja doch Humor. Wir kriegen alle zusammen 'nen Lachkrampf. Auch Alia. Sogar Mama.

Bro, was soll ich sagen? Es ist traurig, als der Onkel sich 'n letztes Mal umdreht und uns zuwinkt. Mit Tränen in den Augen versucht er, sich 'n letztes Lächeln abzuringen, ich heul mit ihm, stell dir vor, ich am Schluchzen, Alter! Aber er geht wirklich. Er muss gehen.

Bruder, heute ist der letzte Tag der Sommerferien, der Tag, bevor die neue Schule losgeht. Ich freu mich drauf, gleichzeitig hab ich Megaschiss. Weil das Leben wird anders. Aber Mahmoud macht das Beste aus der Situation, Mann! Immer! Hat man schließlich 'ne Wahl? Am meisten Sorgen macht mir, dass die neue Schule nicht mehr in der Nähe von Alias ist. Das macht's schwieriger, für sie da zu sein, aber na ja.

Wir haben mit Onkel Ji geskypt, er ist immer noch traurig, klar, weil Siv Jensen ihn nicht länger die reinste, norwegischste Luft atmen lassen wollte. Aber er hat sich nach 'nem neuen Job umgeguckt und es hat geklappt. Er hatte keinen Bock mehr, in der Fabrik so Fetischkram für Europäer mit Freizeit herzustellen, also für so ziemlich spezielle Freizeit. Jetzt arbeitet er in 'ner Fabrik, die bloß Fußbälle macht und nicht so »Zisch-zosch-wusch-wusch-hit-me-hard-and-call-me-Daddy-«Zeug!

Er hat jetzt 'n besseres Leben. Sein Job macht ihm Spaß und er weiß, was er da macht. Trotzdem diss ich ihn manchmal noch, mach so Peitschengeräusche mit 'nem Stock, an dem man die Pflanzen so festmacht, damit sie gerade wachsen. Das geht ihm voll auf den Sack, er stellt dann immer den Ton bei Skype ab.

Papa und Mama kommen gut klar, Papa zeigt auf jeden Fall, dass ihm die Familie wichtig ist. Die beiden flirten sogar wie früher. Papa weiß jetzt, was er verpasst, wenn Mama an die Decke geht. Deshalb benimmt er sich, versucht noch mehr mit Ali und mir zu bonden, ist viel gechillter. Er hat sich sogar 'nen Tag freigenommen und ist mit uns in den Freizeitpark gegangen, ist mit uns Autoscooter gefahren. Aber er ist immer noch entschlossen, dass es 'n japanischer Toyota Avis sein soll, wenn er 'n neues Auto kauft. Nachdem er Autoscooter gefahren ist, ist er sogar noch sicherer, Bro. Auf dem Rückweg vom Freizeitpark hat er sich nämlich in einer Tour über das Föhngeräusch beschwert, das die Dinger machen.

Ich sitz zusammen mit Arif, dem Einäugigen, auf der Bank vorm Wohnblock. Wir hängen rum wie immer, aber eigentlich sind wir voll aufgewühlt, weil ab morgen geht jeder von uns auf seine eigene Schule und die liegen weit auseinander. Wir reden nicht sehr viel. Es ist traurig, aber das heißt nicht, dass sich unsre Wege trennen, das werden sie nie, wir werden immer Brüder bleiben. Wir sitzen eigentlich bloß hier auf der Bank, mit der Hand um die Schulter des andren, so buddy-like, um zu zeigen, dass ab morgen alles anders wird. Das ist so unsre Art, uns gegenseitig zu trösten. Was soll man schon tun, was soll man sagen, Bro?

Plötzlich hör ich ihn sagen:

»Brudi?«

Ich antworte wie immer.

»Was los, Brudi?«

»Brudi, also dein Bruder, der ist jetzt nicht mehr länger dein Bruder, oder?«

Und ich nur so:

»Ja, Brudi, mein Bruder ist nicht mehr länger mein Bruder.«

»Dann kriegt sie Titten, wenn sie älter wird?«

Und ich, auch wenn das die bekiffteste Frage ist, antworte:

»Ja, Brudi.«

Und dann er nur so:

»Brudi, wenn sie achtzehn wird und alt genug ist …«

Ich mach die größten Augen und frag:

»Ja, was dann, Brudi?«

Arif grinst so ’n bisschen schleimerisch, richtet sich auf und fragt:

»Weil wir sind doch Brüder?«

»Ja, korrekt, wir sind Brüder, aber was’n los?«

Und dann fragt mich der Somali, der Sack:

»Kann ich ihr dann an die Möpse fassen?«

Echt jetzt! Ich zieh beide Schuhe aus und pfeffer sie nach ihm. Ich glaub, ich hab das Schlappenschleudertalent von Mama geerbt, weil ich treff ihn beide Male genau auf die mageren Arschbacken! Verfickter Papageienfresser, Taubengriller, riecht seine eigene Scheiße nicht, fragt sich, warum man nie Babytauben sieht! Ich zeig ihm mal, wie seine eigene Scheiße riecht, yo, Mann! Der Dreckskerl mit dem einen Auge rennt los, versucht, den Weg zu finden, verschätzt sich und kracht voll in ’nen Baum. Der einäugige Pirat!

Und dann krieg ich ’n furchtbar schlechtes Gewissen. Ich entschuldige mich bei ihm, er zieht einen seiner Schuhe aus und versohlt mich auch. Wir lachen brutal! Ich falle ihm in die Arme, perfekter Bro-Hug. Warm und gut. Ich küss mehrmals seine Stirn, trotz allem ist er mein Bruder, Bruder! Ich schwör, ich sag mit Tränen in den Augen zu ihm: »Du fucking Somali, du! Ich werd dich jeden einzelnen Tag vermissen, ischliebdischso, Brudi!« Und er so: »Du fucking Paki, du, ich werd dich auch jeden einzelnen Tag vermissen! Ischliebdischauch, Brudi!« Und dann kriegen wir voll so 'n Lachflash, während wir unsre Tränen trocknen!

Während ich da so mit Arif, meinem Bruder, steh und wir uns so High Fives und Low Fives geben wie echte Ghetto-Kids, hör ich 'n bekanntes Geräusch von irgendwo oben:

»Oieee, Mahmoud! Bist du da unten, oie?«

Ich so:

»Ja klar, Mama!«

Wo soll ich denn sonst sein, denk ich in mir drin. Ich bin doch schon immer hier gewesen. Sie wirft 'ne Tüte runter, und während die noch in der Luft ist, ruft sie:

»Hol ...«

»Ja, ja, mach ich. Kein Stress. Ich geh ja schon. Ich weiß.«

»Bist du sicher, dass du an alles denkst?«

»Jaja, null Problem.«

»Aber keine Vogelaugenchilis, dafür ...«

»Ja, ja, Bullet-Chilis und jede Menge Joghurt.«

»Gut. Hast du die Tüte? Hat sie auch keiner geklaut?«

Und ich denk so still für mich: ›Meine Fresse, wer zum Teufel sollte das Geld so schnell geklaut haben, Mama?‹

Ich guck Arif an, Arif guckt mich an, wir gucken uns so gegenseitig an. Wir zeigen einander Verständnis. Wir trösten einander mit Blicken. Wir sind Meister der Kommunikation.

Das Letzte, was ich hör, schon auf dem Weg zum Laden, mit der Tüte in der Hand, die immer noch 'ne Art Tüte ist, ist Mama, die ruft:

»Oieee, Mahmoud! Denk an Lipgloss für Alia, das mit Himbeergeschmack. Das mag sie am liebsten.«

Ich guck hoch und da steht Alia neben Mama auf dem Balkon.

Ich seh sie und denk, dass ich für Alia gern Lipgloss mit Himbeergeschmack, Erdbeergeschmack, Brombeergeschmack mitbring, alles, was sie will.

Dann beweg ich meinen Hintern zum Mini-Markt.

Gulraiz Sharif, geboren 1984, stammt aus Oslo und arbeitet dort als Lehrer. Für seinen Debütroman *Ey hör mal!* erhielt Sharif glänzende Kritiken. Das Buch wurde mit dem »Debütantenpreis für Kinder- und Jugendliteratur« des Kulturministeriums ausgezeichnet und für weitere Preise nominiert. Die Medien bezeichneten Gulraiz Sharifs Roman als den »frischesten Wind« im Buchmarkt und attestierten dem Autor eine »originelle und vollkommen unverwechselbare Stimme«.

Meike Blatzheim, geboren 1985, lebt im Bergischen Land und arbeitet als Lektorin, Autorencoach und Übersetzerin aus den skandinavischen Sprachen.

Sarah Onkels, geboren 1986, studierte Skandinavistik und Keltologie in Bonn, Köln und Turku. Sie übersetzt aus dem Finnischen, Schwedischen und Norwegischen und lebt bei Bonn.